行銷、企畫、簡報、文案創意滿分的28個技巧

自由書寫術

馬克・李維 Mark Levy——著 廖建容——譯

Accidental Genius

Using Writing to Generate Your Best Ideas, Insight, and

書寫的動作本身就可以激發靈感。

因此，當你想不出東西可寫時，動手寫就對了。

芭芭拉・克勞斯（Barbara Fine Clouse），

《Working It Out: A Troubleshooting Guide for Writers》作者

—專文推薦—

讓獸自由

陳文玲

我們之所以找尋新的詞彙，是因爲在潛意識層次有重要的事情在醞釀，它雖然未有清楚的形貌，但是正想盡辦法要現身，而我們的任務，就是盡力去理解和傳達這些不斷浮現和發展中的事物。

——羅洛梅（Rollo May），《愛與意志》

連續四年，每個政大新生在入學營隊裡都被要求以「**對於高中，我最懷念的是……**」以及「**對於大學，我最嚮往的是……**」爲引導句，自由書寫十分鐘，然後在我並不怎麼受歡迎的結論中：「不管你對於過去有多麼不捨，它們都不會回來；不管你對於未來有任何想像，它們都不會發生……你唯一擁有的，就只有現在、此刻、當下。」結束由創意實驗室所負責的政大人第一堂創意課。

意外、驚訝、錯愕、懊惱，都是正常反應，偶爾也會有莫名生起氣來或者流淚的。自由書寫之後，少數學生仍聒噪，但多數人都可以安靜下來，掛在臉上給師長看的笑容不見了，取而代之的，是在眾人陪伴下偷看一眼自己內心風景的經驗，這個經驗不見得愉悅，不見得創新，但可以很誠實，因此很重要。

老實說，大部分的政大學生也許就這麼忘記了他們曾經自由書寫過，少數還記得的，會在一年之後的創意學程甄選中再見面，繼續自由書寫，並且開始接觸其他開發潛意識的創意工具。

選擇以自由書寫作爲創意入門，是因爲配備最簡單（幾張紙、一枝筆和一個不受干擾的環境就夠了），但效果很驚人（如同本書英文書名，輕輕鬆鬆地，就可以找到好點子、培養洞察力、生產出大量內容），但即便是跟著創意實驗室書寫了好一陣子的學生，也經常會產生內在的抗拒。新聞二江幸芸同學在學期結束時來信坦承：「我不喜歡在自由書寫之後，跟團體分享書寫的內容，所以在過程中，我常避重就輕，控制自己什麼可以寫、什麼不能寫，我應該沒有一次在自由書寫裡，是對自己誠實的吧。」

短短一段話，道盡了這個簡單方法的困難之處。

創意學程的學生最常抱怨：「不是說好了要找創意、找靈感、找解決方案嗎？怎麼寫來寫去，都在寫自己最不舒服、最不想說出來的事件或感受？」如同本書作者馬克・李維所言，自由書寫就是要強迫我們內心的編輯暫時離開，讓原始、誠實且獨特的想法出現，這位編輯代表的是社會的期許、理性的思維，以及我們希望他人看待我們的方式，一旦把編輯請走，那些重要但平時絕少得到關注的念頭才有機會浮現，最常在我的書寫工作坊裡出現的主題包括：「我想休息」、「我想離開」、「我想獨處」、「我討厭你」、「我無法忘記」、「我不要負責」、「我不認識自己」、「我想多花一點時間跟自己在一起」……對於平日習慣戴上社會化面具，必須扮演好社會化角色的學生、老師、職員、主管、主婦、父母而言，這些都是陌生且困窘的經驗，所以雖然名爲自由書寫，在書寫歷程裡最早被召喚出來的一頭大怪獸，其實就是那位不允許自己把未經過濾的念頭寫下來的編輯，而對付大怪獸的方法，就是繼續書寫，直到掙脫意識箝制，然後繼續書寫，直到突破抗拒之心、憤怒之心、恐懼之心與憂傷之心，然後繼續書寫，直到找到狂野之心與平靜之心，此時此處，我們會與自己內在那頭輕盈、脆弱、自在的小怪獸相遇，而牠，正是創意、靈感與洞察之所在。

這篇書序叫做〈讓獸自由〉，指的不只是這隻創意小怪獸，也是前面提到的那隻編輯大怪獸。

日常生活裡，兩隻怪獸通常各自爲政、互不往來，大怪獸被社會期待馴養，強壯、固執、有成，看輕或選擇不看小怪獸，因此經常感覺疲累；小怪獸不被社會期待接納，只能靠著書寫、畫圖、工作坊意外現身，現身時經常畏光又害羞，極容易被一、兩句無心的評斷逼退，很快地又回到幽暗的角落裡自怨自艾。但一百多年前的女詩人艾米·洛威爾（Amy Lowell）在〈詩的創作過程〉裡，把兩隻怪獸可能產生的合作關係描述得很清晰：

若問我：「詩是怎麼寫出來的？」我一定會直覺地答覆：「不知道。」……但假如要對詩人下一個科學定義，似乎可以這麼說：他是個極爲敏感，潛意識又非常活躍，能與不抵抗性的意識相輔相成的人……所以詩人先天上必須有個勤勞的潛意識工廠，後天上則需要足夠的學識與才華，「塡補」各處的縫隙。

我最欣賞本書之處，就是作者僅用四分之一的篇幅介紹自由書寫（見「第一部：自由書寫的六大祕訣」），其餘四分之三的力氣，幾乎都用來說明如何讓理智、意識幫忙自由書寫（見「第二部：有力的精進與改變」），統合大獸與小獸的能量完成一部完整的作品（見「第三部：公開發表」）。創作與開課的經驗告訴我，光靠自由書寫是不能成事的，而兩隻怪獸各有特性，必須分開餵養、持續看護，所以除了透過書寫或其他手段讓小怪獸有機會發聲，大怪獸的定期休耕與不定期進修也一樣重要。

最後，對於本書的中文版問市，我有無限期待，也有少許擔憂。

期待的是，自由書寫不再被視爲心理學或表達性藝術治療的專有名詞，除了「探索自我」，此後也可以光明正大地貼上「行銷」、「企畫」、「文案」、「簡報」的應用標籤；擔憂的是，過分強調自由書寫的目的性與功能性，或者視自由書寫爲一種應用書寫技巧，會讓自由書寫漸漸失去了爲自己書寫、無目的書寫，乃至於無意識書寫的純粹性。

「放下期待，也放下擔憂，好好享用這本厲害的書吧！」我的兩隻獸異口同聲對我說。

（本文作者爲政大廣告系教授）

目錄

第二部：有力的精進與改變 65

—祕訣七— **將思緒化爲文字** 67
當你把思緒記錄下來時，這些文字就會不斷將你的注意力帶回主題上，也讓你可以檢視自己的思考內容。

—祕訣八— **運用引導句** 73
引導句可以幫助人們觸碰他們從來不曾想過要書寫的題材，促使思緒朝向意料之外的方向發展。

—祕訣九— **詞彙解析** 81
當你在解析詞彙時，你把那個詞彙加以重新定義，讓它產生專屬於你自己的意義。

—祕訣十— **放下自己的聰明才智** 91
有些時候，我們會急著想要展現自己的聰明才智。我們會被看似聰明，但在現實生活中無法實行的點子給困住。

—祕訣十一— **抽離的價值** 97
你的書寫內容是有生命的。只要你願意放手，書頁上的種種念頭都可以自由改變。

—祕訣十二— **突破既有的假設與概念** 103
典範是一個或一套情境相依的假設，可以幫助我們解決問題。但遺憾的是，這些假設也會讓我們看不見其他的方法。

—祕訣十三— **一百個點子比一個點子更容易取得** 111
當我們試圖尋找一個最好的點子時，往往會吹毛求疵，對結果感到失望，最後狗急跳牆，隨便找一個點子交差了事。

CONTENTS

—祕訣十四— 學習愛上說謊 117
對自己施展小小的魔法，幫助自己逃出封閉的情境。一個謊言會引發一連串的連鎖反應，推動你的思緒向前邁進。

—祕訣十五— 進行紙上對話 123
利用自由書寫與他人進行對話，是一種想像力的遊戲。這種間接、來自不同觀點的對話，可以讓人受益良多。

—祕訣十六— 將問題付諸紙上作業 133
請放心去追隨那些看似愚蠢與離題的東西，因為它有可能會引導你走到重要的地方。

—祕訣十七— 書寫馬拉松 141
透過書寫馬拉松，你可以讓平時難以避免的慣性思考被迫停擺，如此一來大腦就可以向深處挖掘，挖出你想要的東西。

—祕訣十八— 自我質疑 147
假如你將某個計畫是如何失敗、某個協商如何破局、你的事業如何停滯不前的狀況，據實寫出來，奇蹟就會發生。

—祕訣十九— 據實書寫的魔力 155
就像會計沒有權力因為他對數目不滿意，就修改他寫進帳冊裡的數字一樣，你也沒有權力修改浮現在你腦海中的思緒。

—祕訣二十— 從商管書中擷取精華 167
盡情在書上畫線和作注記。不要把書當成供奉的寶物，而是要把它變成專屬於你的用品。

—祕訣二十一— 你專注什麼就成爲什麼 177
當你想找尋某個東西時，你就會發現它的存在；而當你沒有刻意尋找時，重要的觀念或資源有可能就等於不存在一樣。

第三部：公開發表

一序言一

你的腦袋比你所想的還要厲害！

我們來談談你的腦袋瓜子吧。它裡頭所裝載的經驗、故事、印象與想法，比你想像的還要多很多。要證據嗎？只要想想那些浮現在你腦海中的東西，有多少並不是在你的意志指揮下出現的，就是最好的證明。

以作夢爲例，你並沒有打算要作夢，或是刻意要作一個超現實的夢，但這些夢境就是會自己跑出來。

記憶也有類似的運作模式。當你在廚房煮東西時，突然想起童年時期的某一天，全家人一塊兒吃牛排。你並非刻意要想起這段回憶，但它就是不請自來。

各種類型的思緒都有可能不請自來。當你塞在車陣中時，突然靈光一閃，想出了解決電腦問題的方法。這到底是怎麼發生的？你並沒有在思考那個問題，但是不知怎的，你的腦袋卻自己找到了解答。

那些夢境、回憶與思緒並非來自外界，而是你透過自己沒有意識到的某些方式創造出來的。

我們的腦子裡裝載了龐大的思緒與知識，假如我們能夠加以掌握、深入探索，並將其引導入實用之途，那麼這些驚人的無形資產，可以幫助我們創造出無限的點子和問題解決之道。

那正是本書的目的：教導你善用原本就存在你腦袋裡的東西，將思緒的原料變成實用的方法，甚至是很棒的點子。

要如何幫助你得到這些很棒的點子呢？我所提出的方法，就是書寫。說得更精確一點，就是自由書寫（freewriting）。

自由書寫是我所知最有價值的技巧。透過這種方法，人們可以運用身體的機械性動作來超越大腦的反應，刺激大腦發揮更大的效用。

儘管人類大腦的容量與作用如此神奇且驚人，但它同時也非常懶惰。它會重複舊的思緒，採取既有的思考途徑，避開不熟悉和令自己不安的領域。我們可以說，大腦的主要工作之一，就是停擺，即使是在我們有重要的任務需要思考的時候。

而自由書寫可以避免這種情況發生。它能夠促使大腦進行更長久、更深入，以及更突破傳統的思考。只要遵循幾項釋放自我的自由書寫原則，你就可以強迫你的大腦產生新的想法。自由書寫也被稱爲一種強迫性的創造力。

即使你自認不是天生的作家或思想家，這項技巧仍然對你有所幫助。書寫本身就可以產生出各種想法，這也是爲什麼有些人將此技巧稱作「自動書寫」，它往往可以讓書寫者不費吹灰之力，就創造出超越平常的結果。有時候，想法和點子似乎是自己跑出來的。

我是怎麼開始接觸自由書寫的？

大約是在一九九五年，有一天，一位在地方性娛樂週報擔任編輯的朋友打電話給我。他告訴我，我最崇拜的搖滾明星保羅．威勒（Paul Weller）就要到紐約市來表演了，他問我想不想要一張免費的入場券？

我想不想要？這位英國歌手已經多年沒到美國巡演了，誰知道他下次再來會是什麼時候？我當然想要入場券啊！但天下沒有白吃的午餐，代價是我必須替這位朋友的報社寫一篇演唱會的評論。

寫一篇演唱會的評論看似沒什麼大不了的，問題是我已經很多年沒有寫東西了。我知道怎麼寫嗎？就算我還能寫，但要如何描述音樂呢？（鼓聲砰砰作響？）儘管心中有所疑慮，我還是接下了這份工作。

距離演唱會還有一個星期的時間，爲了做些準備，我從書架上取下那本我一直找不到時間看的書：彼得．艾波（Peter Elbow）的《魅力寫作》（*Writing with Power*）。那本書開頭寫了一句令人熱血沸騰的話：**即使你認爲自己遭遇瓶頸，腸枯思竭，你仍然有辦法文思泉湧**。幾年前我買下它時，就想像會有派上用場的一天。你知道的，總是要以防萬一。

《魅力寫作》中提到的一個主要技巧，就是自由書寫。我在高中時就接觸過自由書寫。那時候，每當老師要處罰同學們太過吵鬧，或者是老師們想要去休息室抽根菸時，就會要我們進行自由書寫。因此，對我來說，自由書寫只是一種打發時間的無意義活動。

然而，艾波對自由書寫的看法，與我那些高中老師截然不同。對艾波來說，自由書寫是種多功能的工具，它可以開啓大腦深處的源頭，幫助我們創作出文字和各種想法，寫出論文、詩歌與故事，挖掘出眞誠且發人深省的眞實聲音。

艾波是在多年苦思不著出路的情況下，開始接觸自由書寫。而從《魅力寫作》的分量看來（全書三百八十四頁，字體相當小，注解的字體又更小），他的寫作靈感猶如滔滔江水般勢不可當。自由書寫的技巧幫助他文思泉湧。他的例子讓我深受激勵。

保羅．威勒的演唱會結束後，我運用自由書寫完成了任務。之後，那位編輯朋友又給了我更多稿件。接下來，我也開始為其他的報章雜誌寫東西。在我進行這些工作時，常會發生一件有趣的事。

每當我依循原則，運用自由書寫的技巧針對特定主題尋找靈感時，總會不由自主地偏離主題。我的思緒往往會跳到與我的正職（圖書經銷商的業務總監）相關的問題上。當我應該為某個電視節目撰寫一篇評論時，我的思緒卻亂竄，開始寫起公司的營運前景。當我正在側寫某個龐克搖滾明星時，我所寫出的內容卻轉向如何訓練某個令人頭痛的員工。

不過，到最後我都能如期完成該交付的稿子，而且時常也一併解決了我在生活其他方面所面臨的問題。出乎意料地，我成了自己最好的顧問。

運用自由書寫所達到的成果令我大為驚喜，於是我開始尋找這方面的書籍，希望能夠更上層樓。我找到了很多運用自由書寫來提升寫作技巧的書，卻找不到任何一本書，談及如何運用自由書寫來解決工作上的問題。

最後我決定了，假如我想知道這樣的一本書可以教我些什麼，我就得自己把它寫出來。於是我開始編寫內容，完成了《自由書寫術》這本書。

第一版的《自由書寫術》於二〇〇〇年推出。在那之後，我創立了一家行銷策略顧問公司，並且把自由書寫的技巧應用在我所承接的每個案件中。

自由書寫可以帶給你什麼樣的幫助？

自由書寫是一種快速的紙上思考模式，它可以讓你獲致平常難以達到的思考成果。

這個技巧可以幫助你深入了解自己、看見可能的機會與選擇、解決問題、激發創意，以及做出決定。它有助於提升你的創作品質，不論是內容或風格。

在本書中，我會以工作上遇到的難題爲實例，包括策略、行銷、產品定位、業務、商業書寫等方面的問題，示範如何進行自由書寫。

你可以將這項技巧運用到現實生活中，在任何你想得到的領域，探索整理自己的想法，諸如：世界大事、政治、科學、健康醫療、數學、都市計畫、建築、工程、心理學、哲學、社群媒體、美食、娛樂與運動等等。

假如你正想要釐清與他人合夥創立的事業該採取什麼樣的組織架構，自由書寫可以幫助你找到解答。你也可以運用這個方法來思考財務平衡的問題、解決學區爆滿問題、成立社區守望相助組織、發明電玩遊戲、撰寫部落格文章、改善人際關係、籌畫派對、規畫假期、設計健身課程、開發新食譜。

當你心無目標時，你甚至可以利用自由書寫來幫自己找到目標。

你現在看到的這本書，是經過增訂與修改的第二版《自由書寫術》。當我著手編修新版本時，我詢問了第一版書的讀者及其他作家，自由書寫對他們有什麼幫助。以下是他們的回答（經過重述）：

自由書寫可以……

- 釐清思緒
- 讓想法更明確
- 提供不同的觀點與視野
- 幫助你更清楚闡釋自己的想法
- 讓你看清楚自己是誰，以及想要做什麼
- 幫助你做出與同儕不同的思考
- 帶給你力量
- 讓你想起遺忘的知識
- 讓你以真誠的方式寫出感動讀者的東西
- 產生對他人的同理心

- 減少對思考與書寫的抗拒
- 激發創造力
- 產生創意的連鎖效應
- 想出其他人想不出來的點子
- 讓你坦誠面對自己不為人知的一面
- 提高你的自信心
- 讓你感到振奮
- 幫你找到重心與焦點
- 持續且沒有壓力地建立起當責的態度

本書的架構

本書分爲三個部分。

在第一部，我會告訴你自由書寫的六個訣竅。第二部則探索運用自由書寫激發創意與解決問題的方法。在第三部，你會學到如何運用自由書寫來撰寫那些要公開發表的文字，例如部落格文章、演講稿，甚至是寫書。

這些部分我們稍後都會深入探討。

ಣ

至於新版書與第一版有什麼不同呢？

我們可以從四個面向來分析：

一、將「私人書寫」改爲「自由書寫」

在第一版書中，我教讀者「私人書寫」（private writing）。在新版中，我教的是「自由書寫」。這兩個版本所教授的技巧是相同的，那麼爲何我要改變用詞呢？

寫作第一版書時，我堅決反對人們把自己寫的探索式內容與他人分享。因爲我認爲，當人們知道自己所寫的東西會被拿來與他人分享時，他們寫出來的語詞就會有所調整。也就是說，他們不會深入大腦中最原始、最誠實的部分，而是停留在表層，回歸平時慣用的合乎常理且謹慎小心的想法。

爲了強調我堅持個人寫作隱私的主張，我借用了艾波與派特．貝雷諾夫（Pat Belanoff）的用語，並將此技巧稱爲「私人書寫」。一切都很順利，直到我開始在企業諮商時間教導客戶運用這項技巧時，才發現事情並不像我想的那樣。

當我們試著找尋市場定位或是製造宣傳噱頭時，我會請這些企業人士當場進行一小段的私人書寫，以打破他們的慣性思考。我告訴他們，他們寫出來的東西只是一種輔助的記錄，好作爲稍後討論的題材，因此不必拿給我看。

但客戶們多半不理會我的提醒，反而興沖沖地把自己所寫的內容大聲唸出來。每次皆然，毫無例外。我不怪他們，因爲他們對自己寫出來的東西充滿信心。他們寫出來的點子往往極具突破性，用字遣詞也有其獨特的魅力。這些書寫內容最後也常會出現在他們的著作和演講稿裡，或是公司網頁與社群媒體的網站上。

因此，「私人書寫」這個詞似乎愈來愈不符合實際狀況。沒錯，書寫一開始是極爲私密的行爲，而且你絕對可以假設你所寫的一切會永遠保持私密性，不被其他人看到。然而，在你運用書寫探索自己的思緒之後，也許可以考慮將其中某些部分對外公開。

因此，新舊版之間的第二項差異是：

二、加入關於「公開發表」的內容

新版中加入了一個新的單元：公開發表。這個部分包含七大章，使用約兩萬多個字來說明，如何將透過自由書寫所得到的想法與文章加以發表。這個單元可以幫助你邁向傑出領導者、甚至是大師之路。它也可以幫助你運用書寫的內容與他人一起進行腦力激盪，以及撰寫著作、報章雜誌文章、網路貼文和簡報。這個部分包含以下章節：

「與他人分享未臻成熟的想法」這一章教你領略「聊天式書寫」的樂趣。也就是說，由你先針對某個想要解決的問題盡情地進行自由書寫，然後將此未經修飾的內容拿給其他人看，請求對方的協助，或是一同討論。我時常運用聊天式書寫，就算在我不完全確定自己的思考方向時，也是如此。有時候，光是把這些拼貼式的文字湊在一起，就可以讓你得到解答。

「幫助他人發揮思考能力」這一章讓你知道如何帶領同事與客戶，透過自由書寫來突破瓶頸，得到源源不絕的靈感。

「隨時留心身邊發生的故事」這一章提到了我時常在其他作家身上觀察到的一個現象：當你開始固定發表一些文字，不論是著作、部落格或是其他的東西，你就會以不同的眼光來看待這個世界。所有的一切都成爲你寫作的素材。你也會開始以描述的方式進行思考。這個世界因此變得更有趣，也更有意義。

「建立點子資料庫」這一章說明了我如何將自由書寫的內容裁切成各個小塊，然後將這些小塊加以分門別類，放入電腦的不同檔案裡。透過這種方式，我永遠找得到新計畫的題材。這有點類似松鼠爲冬天儲存松果的作法。

「爲自己量身打造一套原則」這一章強調，訂定一套適合自己的寫作原則是非常重要的一件事。這種方法有助於你快速寫出東西，並且讓你不會離題。

「從自己著迷的事物著手」是我最喜愛的一章。當人們想要寫一本書時，他們往往會先看看市場的狀況，但這種作法只會導致另一本人云亦云的書籍問市。相反地，他們應該注意的，是自己始終著迷的那些事物，像是故事、想法、觀察心得、電影等等。一旦他們找到主題後，就可以運用這個題材，創作出一本獨一無二，而且極具個人識別度的作品。

「自由書寫直到作品完成」這一章首先探討傑弗瑞．貝爾曼（Geoff Bellman）如何由探索性書寫切入書籍的撰寫，接著談到我如何結合經由自由書寫所得到的多個點子，完成一本著作。

三、**新增自由書寫時可以採用的思考技巧**

新版包含了另外七個新增的章節，介紹自由書寫時可以採用的思考技巧：

「放下自己的聰明才智」這一章討論到，我們往往會因爲腦子裡的抽象概念而作繭自縛。解決方法之一，是列出實際狀況的客觀事實。這個作法很簡單，而且能夠讓你的注意力集中在真實世界的具體事物上。

「抽離的價值」這一章教你如何收集點子，評估這些點子是否具有價值，然後將這些點子當作敲門磚，開啓重要問題的解答。

「運用引導句」這一章告訴你如何讓腦子朝著預期之外的方向思考，讓你的腦袋做做暖身操。

「突破既有的假設與概念」這章一開始，我會講述一個有趣的親身經驗，接下來則探討幾個你可以用來讓自己避開思緒阻塞的方法。

「一百個點子比一個點子更容易取得」講的是，我們大多數人習慣玩「想出完美的點子」的遊戲。然而，事實上，更能解放我們大腦的方式，是「想出很多點子」的遊戲。

「學習愛上說謊」這一章提到，當問題存在於一個封閉且一成不變的情境中，你該如何想出一條活路。在這樣的情況下，你必須改變自己看待事情的方式，而對自己說謊就是其中一個手段。你可以謊稱某件事，然後依照這樣的狀況推演下去，看看會得出什麼結果。透過這個想像力的遊戲，你有可能得到有趣又實用的解答。

「書寫馬拉松」這一章提到，連續進行多段自由書寫，並且持續六、七個小時，可以讓你完全擺脫慣性思考的模式。在每段自由書寫中，你必須強迫自己朝一個新的方向去思考。這個作法原本很困難，但透過自由書寫能夠比較容易達成。

四、刪除部分章節

爲了要加入新的題材，我把第一版中的八個章節刪除。那些被刪除的章節並沒有什麼問題，只是我想用更棒的內容加以取代，因爲我在第一版書出版後，又學到了許多新的東西。

如何修改自己十年前所寫的書？

其實我本來並沒有修改《自由書寫術》的打算。然而，當出版社向我提出這個建議時，我心想，有何不可？這會有多難？反正書的內容在一九九九年就寫好了。對我而言，編修新版本就像是作弊抄寫自己前一版的內容。

於是，出版社將第一版書的電子檔寄給我。我把檔案打開，看了一下……然後，整個人呆住了！

當我看到那些文字以後，我才了解這個修改的工程有多麼浩大。在擔憂了幾天之後，我決定用我所知最好的方法開始進行：自由書寫。

自從第一版的《自由書寫術》問市之後，針對寫作和思緒整理，我開了一些自由書寫的課程。特別是，當我為客戶提供實際的諮商服務時，透過自由書寫，他們往往會受到激勵，並因此產出好的結果。我在想，我都說了些什麼？做了什麼？而我又從這些學生和客戶身上學到了什麼？

當我把這些資料搜集齊全後，我列出了一個「令我著迷的事物」的清單（第二十七章），然後在我的「點子資料庫」中加以挑選（第二十五章）。此外，我還訪談過幾位作家以及第一版書的讀者，為新版內容注入不同的觀點與新的故事。

我仔細研究過所有的資料，挑揀出我認為最有價值的觀念與技巧，才著手進行「實際」的寫作。

我運用了自由書寫與傳統的寫作技巧來撰寫初稿，一開始的章節內容並沒有依照任何順序排列。每當我寫了六、七個新的段落後，我會將自己抽離開來。

直到我對新的題材產生信心後，我才敢開始處理第一版的內容。我修飾了語句，刪除了許多我認為已經不是那麼重要的章節，再加入約十七個新的篇章。

自由書寫，謝謝你！你從不辜負我對你的期待。當我想要躲藏起來時，你總能強迫我發揮創造力，並且豐收成果。

第一部

自由書寫的六大要點

我們每個人的內心都住著一個編輯，這個編輯的職責，就是過濾我們的想法，讓我們表達出來的東西顯得理性且有智慧，以符合社會對我們的期待。這位編輯幫助我們與他人和平共處。然而，它同時也阻礙我們提出與眾不同的想法，以及發揮大腦具有的強大力量。

自由書寫可以強迫這位編輯暫時偃旗息鼓，讓我們得以接觸到原始、誠實且獨特的想法。唯有這樣的想法，才有可能帶來重大的突破。

以下是自由書寫的六個簡單易用的祕訣……

【祕訣一】輕鬆試

Try Easy

企管顧問兼世界頂尖運動員的「心理教練」勞伯特．克瑞格（Robert Kriegel），曾在他的著作中提過一個故事，這個故事隱含了一項重要的啟示，可以啟發你透過書寫成就更美好的人生。

克瑞格曾經訓練過一群短跑選手，這群選手都在奮力爭取奧運的最後幾個參賽資格。在一次練跑中，克瑞格發現他的選手們情緒緊繃，顯然陷入了「非贏不可」的迷思。

按照傳統的作法，這些技巧高超的選手應該接受更嚴格的訓練才是，但克瑞格卻反其道而行。他要這些選手再跑一次，不過這一次只用九成的實力輕鬆跑就好。對於這次的練習，克瑞格寫道：

> 結果非常驚人！出乎大家的意料，當他們「放輕鬆」之後，每位選手的成

績都比前一次還要好。有位選手的試跑成績甚至還破了世界紀錄。

這個作法對短跑有效，對其他的事物是否也有效？克瑞格表示：「在其他方面也同樣見效。在生活的所有面向，輕鬆試都不失爲一個好方法。傳統觀念告訴我們，必須付出百分之一百一十的努力，才能保持進步。但是我發現，發揮百分之九十的實力往往更有效果。」

克瑞格的「放輕鬆」理論同樣適用於自由書寫。

也就是說，請你改變你對書寫的心態，不要再要求自己咬緊牙關、竭盡全力，以得到立即且完美的內容。放鬆心情，使出百分之九十的力氣就好。實行方法如下：

在開始書寫時，提醒自己輕鬆嘗試就好。我喜歡用棒球選手站上打擊區之前的準備動作來做比喻。通常打擊者會先調整一下手套與握棒的姿勢，吐一口口水，踢踢地上的泥土，盯著球棒看一看，然後輕鬆地揮幾次棒。這些儀式性的動作有兩個作用：讓打擊者熟悉揮棒的動作，並且對即將投過來的球做好心理準備。

我希望你也這麼做。先熟悉動作，接著對自己做一下心理建設。換句話說，先隨便寫點東西，提醒自己，你只是要寫些文字與想法而已，並不打算在一夜之間寫出永垂千古的名作或改變世界的觀點。

在我電腦裡的自由書寫檔案中，隨便就可以找到提醒自己放輕鬆的例子。幾乎在每段文字的開頭，我都是以提醒、祈禱、請求、懇求或是宣告的語氣，告訴自己在書寫過程中不要離題，也不要期待從中得到智慧、好的觀點或是華美的文章。大多數時候，我並不會特別說出「輕鬆試」這幾個字，但是這個精神已經不言而喻了。以下是幾個例子：

- 擺脫「完成巨著」的寫作心態，直至文思泉湧之際。這種書寫非常簡單，就像是穿襪子一樣容易。
- 我現在只是要從腦袋裡挖出一些東西，寫一些隨性的想法而已。不要期待靈光乍現。
- 好吧，思緒一開始有點卡住，就像那些有一段時間未經敲擊的電腦鍵盤一樣。繼續寫，卡住的感覺也許會消失，也許不會，但至少你不斷往下寫。
- 我正在寫一些東西，我極度渴望創意。假如我沒有做出有趣的編排、寫出有品味的內容，那麼我手指的動作就會慢下來，腦袋也跟著停擺。等一下，馬克，這種想法會讓你更加想不出新點子。你最好繼續寫的動作，不要管寫出來的東西是好是壞。

我承認，上述這些話不是什麼好的開場白。但是，假如你和我一樣，急著想要立刻得到一些成果的話，那麼就長遠的眼光看來，誠實地去面對並放下自己的期待，將有助改善你的思考品質。你也許會懷疑，以這種自我安慰作爲思考的主軸，是否眞能帶來任何進展？最後是否會落得一事無成？

答案是否定的。儘管你的態度並不強求，但你的腦子仍然想要解決問題、完成傑作。當你對自己下達「輕鬆試」的指示之後，你那要求完美的心態就會鬆懈下來，讓你的大腦有更多空間可以自由揮灑。

不過，接下來我還有一個更好的辦法，保證可以讓你進入「輕鬆試」的狀態。

·重·點·複·習·

✓ 輕鬆發揮百分之九十的實力，比緊張兮兮地付出百分之百的努力還要有成效。
✓ 當你針對一個棘手的主題進行自由書寫時，提醒自己要「輕鬆試」。

祕訣二
不停地快寫
Write Fast and Continuously

沒錯，當你不停地快寫時，你就不得不採取輕鬆、接納的態度，而且你別無選擇。

不停地快寫會讓你放鬆戒心，並因此提升你的思考品質。話雖這麼說，仍有幾個地方需要解釋一下：究竟要寫多快？要寫多久？

首先，針對要寫多快這個問題，我舉一個例子來說明。當其他人都在等著你一起去吃飯，你急忙留張字條給某個不知跑哪兒去的同事，告訴他：「我們吃午餐去，不等你了。」就是用這種速度來寫。你知道的，就是很快。

藉由快寫，腦子得以用接近正常思考的速度來運作，而不是思路堵塞時絞盡腦汁的慢速運作。

我們來做個實驗：在你腦海中想著昨天發生的某件事，也許是和老闆開會，也許是你所做的某個決定，什麼都好。拿出紙筆，把那個畫面描述出來，但是要慢慢寫，用比平常慢半拍的速度來寫。每個字都花上幾秒鐘的時間，一筆一畫慢慢地寫。就用這種方式寫個兩分鐘。

很難做到，對不對？而且你有沒有發現，你的腦子似乎開始跟隨你的肢體速度，你的思考變慢了，以配合手部有如蝸牛般的動作？你的大腦好像在說：「假如我的手沒有辦法記錄下我所想的內容，我幹麼還要認眞去思考呢？」於是你的大腦會放慢運轉的速度，以配合手部的節奏，或是開始離題，將思緒轉移到其他的瑣事上。

現在，反過來。在腦海中想著同樣的畫面，然後以比平常書寫快一倍的速度將它寫下來，大約寫個兩分鐘。你不必強迫自己一定要寫得飛快，只要以手部能負荷的速度盡可能地寫就好了。例如，每分鐘寫四十個英文字。假如你想要用不同的速度來寫，也沒有問題，只要速度不要太慢就行。如果你想要在描述事情的同時也寫下心中的感想，同樣沒有問題，好比你也許會對自己說：「這種感覺眞有趣，只是有點怪怪的。」

這麼做有什麼意義呢？先不要管你寫出來的文字品質如何，只要看看你所得到的成果就好。毫無疑問，你用掉的墨水會比平常多了好幾倍，但你的描述和形容一定會變得更加豐富，而且比慢速書寫時想得更多更好。你或許還沒有寫出任何驚人之作，不過你已經向自己證明了，當你以接近思考的速度來書寫時，你的腦子或多或少也會進入一個截然不同的思考層次。

回到第二個問題：要寫多久？

這麼說吧，想像你正在寫準備了好幾個星期的業務報告一樣，只不過這次你的對象不是公司的執行長。總之，就是要不停地寫下去。

藉由不停地快寫，你壓抑了大腦裡的那個編輯狂，讓負責創意的部分不斷產出東西來。

我所言句句屬實，而且在上面這個簡短的句子裡，其實蘊含了許多概念。倘若你剛才一時分心，也許是因爲你的小寶貝把裝了義大利麵的盤子當作帽子，戴到頭上，或是因爲剛才經過的車子正播放著震耳欲聾的音樂，那麼你可能就錯過了本書中最重要的一個概念。因此，我要將剛才那個句子所蘊含的所有概念，充分闡述並重新表達，以專業的條列方式敘述如下：

- **假如你的腦袋知道你那隻正在寫字的手不會停下來，它就會減少想要編**

輯「不恰當」與不夠成熟的想法的動作。

●一般來說，你的大腦會過濾你所表達出來的東西，因為它希望你在自己與眾人的面前都表現得很得體。但是，這會兒它知道自己正處於一個不利的狀況：它不可能檢查你快速產出的所有想法，於是它會自動退居幕後。

●所謂「不恰當」的想法，往往最具有行動力。因此，你愈快捉住它，就能愈有效地找到解決問題的方法。

●什麼是「不恰當」的想法？就是你通常不會表達出來的露骨想法，例如：「我恨死出納部了。」或是：「我在想，假如我們放棄了最賺錢的產品，眞不知道還能生產些什麼東西？」這些想法往往蘊含了絕妙的點子，是創意之所在，也是讓你脫穎而出的關鍵要素。

●某種程度上，不停地快寫就像是與自己做腦力激盪，但其成效比傳統的腦力激盪還要好。傳統的腦力激盪雖然要你對說出來的東西不作任何價值評斷，但我們都知道，那是不可能辦到的。在公開場合，也許你可以稍微壓抑大腦慣於進行價值評斷的習性，但你絕對不可能讓此功能完全停止。然而，當你在進行自由書寫時，由於只有你一個人會看到你寫出來的東西，而且大腦的編輯部位正處於停擺狀態，因此你可以在不擔心後果的情況下，捕捉到最原始而且不受約束的想法。

● 由於你得不斷寫出東西，因此你必須將注意力集中在自己正在寫的內容上。你知道一旦分心，思緒便會停下來，然後你就得折返去找尋原來的思路，無法達成不停快寫的目的。平常的書寫不會讓你擁有這種近似禪定、專注當下的注意力。

● 不停地快寫讓你了解到，個別想法的價值其實並不高，因爲不斷會有新的點子冒出來。但是，假如你想不出東西可寫而被迫停筆時，該怎麼辦？當你等待大腦找出新的書寫方向時，你的手還是可以繼續書寫毫無意義的字句。沒錯，就是一些空洞、沒有道理、沒有意義的字句。

● 在紙上胡言亂語：「我去母雞兩次兩支電話公鴨廢物……」

● 重複最後一個詞彙：「這個資料顯示顯示顯示顯示顯示……」

● 或是重複按你最後敲的那個鍵：「我想要一一一一一一一……」

● 總之，當你的大腦正在快速思考書寫的新方向時，寫字的手不要停下來。

這樣你懂了嗎？重點在於快速和不停地書寫。你寫出來的字愈多，就算是無意義的字，也會讓你擁有更多的機會，可以找到可用的點子。

在這個自由書寫的遊戲中，你不必顧慮文字的品質，只要顧及它的數量就好。科幻小說大師雷．布萊伯利（Ray Bradbury）曾經這麼形容故事創作：「你必須動手寫，然後把自己寫出來的許多內容丟棄或燒掉，直到找到你可以接受的主軸爲止。」把這個精神套用在自由書寫上，我將他的話改成：「隨意快寫，因爲唯有當你寫出所有的糟糕點子後，才有可能找到稍微可用的東西。」你必須抱持的態度是：壞的東西會帶來好的東西，這是一個自然法則。

．重．點．複．習．

- ✓ 假如你以最快的速度寫字或打字，而且不要停下這樣的動作，神奇的事情便會發生。你的大腦會產出最好、最單純的想法，並且透過你的書寫流瀉而出。這是因為你的大腦意識到，它不會受到評斷（只有你會看到這些文字），之後你也可以運用這些點子（思緒一旦付諸白紙黑字，就可以深入發想）。
- ✓ 假如你一時想不出有什麼東西可以寫，不要讓你的腦袋和手停下動作，你可以不斷重複你剛才寫的最後一個字，或是寫出沒有意義與邏輯的胡言亂語。
- ✓ 最棒的點子往往來自最糟的思緒。要如何挖掘出最棒的點子？答案就是大量書寫。只要顧及「大量生產」和「文字產出」就好，把自己想像成是一個文字與思緒的生產工廠。

【祕訣三】設下時限

Work Against a Limit

我們來應用一下你到目前爲止所學到的東西。拿出計時器，設定十分鐘的時間，然後……

爲什麼要這樣做？我沒跟你說過，計時器是自由書寫的輔助工具之一嗎？眞是抱歉！當你開始使用計時器之後，你就再也離不開它了。事實上，計時器將會成爲你書桌上最重要的工具，電腦還排在它的後面。

你需要計時器的原因是：它爲你設下了思考的時間限制。這一點很重要，基於兩個理由：

理由一：時間限制能夠激發書寫潛力

試想一下：假如我要你針對工作上遇到的挫折不停地快寫，你認爲你可以寫多久？思考一道難題（尤其是要從多種角度去思考，稍後我會教你怎麼做）既令人興奮，也讓人精疲力竭。你沒辦法一直思考下去，就連持續一小段時間都有困難。

自由書寫有點像是短跑。假如我要你跑一小段明確的距離，例如四十公尺，你會全力衝刺。但假如我要你跑的距離不夠明確，例如從四十公尺到六十公里都可以，你一開始就不會盡全力跑，因爲你會根據自己要跑的距離來調整速度。當跑的距離不夠明確時，你就不會竭盡全力。

當你將計時器設定在十或十五分鐘，這個時間限制會刺激你的思考，因爲你必須在某個明確的時間範圍內完成自由書寫。當計時器鈴聲響起時，不論你正在寫的句子是否完成，你都必須停筆。就當作是你和你的計時器之間有個約定：你答應自己要在某一段時間內深入思考、盡情書寫，然後你照做了，承諾一旦兌現後，你就可以休息了。

理由二：持續書寫，你也能夠感受到靈光乍現

每個人都會遇上「那些日子」，也就是當你腦死、腦殘或毫無靈感時，卻必須完成一份簡報，於是你只好硬著頭皮寫出一些東西來。在這種時候，你與計時器之

間的約定可以幫助你書寫。誠然，你在這種情況下所寫出來的東西，大部分是毫無價值的，但是其中會有一些點子是可用的，甚至可能是還算不錯的。

自由書寫的世界裡有一個定律：當你放下戒心，寫出一堆垃圾時，最有創意的點子往往藏身在這堆垃圾中。你可以稱之爲「輕鬆試」或是「降低期待」，不過有時候，你那只會產出一堆垃圾的大腦，會帶你來到一個前所未見的地方，那是你的大腦在平常運作時不會到達的地方。而事實證明，在歷史上，有許多人是在看似最低潮、最絕望的情況下，想出最不平凡的點子。

重點在於持續書寫，就算你只是亂寫一通，仍然要不停地寫，直到計時器要你停下來爲止。

上述這段話應該可以作爲這一章的完美結束，不是嗎？不論你的心情是好是壞，我要你盡情揮灑腦海中浮現的一切，捕捉靈光乍現的一刻，這麼做似乎再正確不過了。

然而，假如我在這個地方結束這一章，我就必須背負著藏私的罪名了，因爲我還沒有告訴你一個重要的小細節：你所用的計時器，必須是在倒數時不會發出滴答聲響的那種。而且，也不要使用有刻度的計時器，或是中央有一圈數字，扭轉之後就開始倒數計時的那種計時器。相信我，你會很感謝我給你這個忠告。計時器的滴答聲非常容易讓人分心。我覺得你最好知道這一點。

我還要提醒你另外一件事：計時的方式有許多種，例如利用手錶、電腦或手機上的計時功能。你也可以利用洗碗機或烘衣機來幫你計時。《鬥陣俱樂部》（*Fight Club*）的作者恰克．帕拉尼克（Chuck Palahniuk）有時就會這麼做。在開始動筆之前，他會先丟一堆衣服進洗衣機裡，利用洗衣服的時間來寫作。就這樣，他利用做家事的空檔寫出了一本暢銷書。此外，這個作法還有另一個好處，帕拉尼克說：「在耗費腦力的寫作中間，穿插一些洗衣、洗碗這類不用大腦的家事，可以讓你的腦袋暫時休息一下，重獲新的點子與靈感。」

．重．點．複．習．

✓ 限時書寫（通常以十到二十分鐘為限）可以讓大腦更為專注。時間限制具有激勵的效果。

✓ 就算處於低潮，你也可以發想出絕妙的點子。

[祕訣四] 以思考的方式進行書寫

Write the Way You Think

假如曾經有人教你該如何準備商業溝通的文件，你很可能會聽到這樣的建議：「用說話的方式去寫。」換句話說，你要將你的文件內容口語化，以便讓其他人可以理解你想表達的意思。因此，你要使用簡單易懂的用語、人稱代名詞，以及許多其他的小技巧，讓讀者產生親切感，讓他們覺得你好像在對他們說話一樣。

當你要和別人溝通時，這種簡單直接的書寫風格非常有用。然而，在進行自由書寫時，這種作法就不是那麼好用了。倒不是「用說話的方式去寫」不適用於自由書寫，而是因爲它無法達到深入的效果。

進行自由書寫時，我們要在大腦過濾審查你的想法並加以壓抑之前，捕捉到最原始的念頭，這是一件極爲重要的事。因此，我們不能「用說話的方式去寫」，而是要「用思考的方式去寫」。請聽我仔細說分明。

截至目前爲止，我一直是用說話的方式來撰寫這個章節。當然，我會把

「嗯」、「你懂吧？」這類字句，以及其他無意義的語助詞都盡量刪掉。假如我們面對面聊天，你聽到我講話的方式，應該就可以認出我是寫這些文字的人，因爲我有獨特的說話節奏、習慣用語，以及想要表達的概念。對你來說，「馬克這個作者」和「馬克這個說話者」是一致的，因爲在這兩種情況下，我都是使用大腦的同一個部分，來修飾我的對外發言。

然而，當我只寫給自己看時，我不一定會運用主管對外發言的大腦部位。我只是透過書寫來了解自己的想法而已。以下這一段未經編輯的自由書寫，就是我的手跟隨我那充滿咖啡因的大腦，所留下的思緒記錄：

我們來試試看。寫出來的很多東西是沒有用的。放棄邏輯思考。這張紙來自我那嘰哩咕嚕叫的肚子，我像打嗝一樣用字塡飽它。當然，從嗝吐到完成作品之間，往往有所妥協。但這只是個實驗。

就像格林說的，評論很短，可以做兩個、三個、四個評論，整本書都是評論，我寫在瑞普肯書上，每個評論表達一個不同的觀點，或是同樣的觀點以不同的語言表達。這裡是碼頭工人，那裡是舞蹈大師。那牛肉在哪裡呢？我該看什麼呢？

一開始我試著從鋼鐵人挑選一些細節，然後以條列的形式張貼。對史黛拉和蘇珊來說，這種作法就可以了。但是對麥可和弗洛依德來說，就行不通。我該如何將（不算多的）可用的細節貼上，變成生動的評論，讓麥可「印象深刻」？

對你來說，這段文字看起來像是胡言亂語，儘管我所使用的字眼很常見，句子結構也很正常。在你看來，這個段落看似一段失敗的文字。但對我來說，卻恰好相反。

這個段落清楚反映出思緒在我的腦海中彈跳的情況，即使是在十五年後的今天，我仍然可以清楚看出我當時思索的所有重點。

由於運用了下列三個技巧，我才能清楚解讀自己的思緒。

技巧一：運用廚房語言

什麼是「廚房語言」（kitchen language）？這個由肯恩·麥可羅利（Ken Macrorie）自創的名詞，指的是：當你穿著舒適的家居服，躺在電視機前面和好朋友講電話時所用的語言。這種語言直接有力，但在大多數的情境下，你不會用這種語言來表達自己的想法。廚房語言是你專屬的用語，是你覺得最能表達出你的想法的話語，即使只有你自己才聽得懂。

在上述那段自由書寫的內容中，我使用了我的廚房語言「嗝吐」。「嗝吐」到底是什麼意思？

根據前面出現的字詞，像是「嘰哩咕嚕」和「打嗝」，我認爲「嗝吐」是「打嗝」和「嘔吐」的綜合體，而我用它來比喻我在自由書寫的過程中，那種一吐爲快的感覺。「打嗝」的語意不夠強烈，而「嘔吐」又太過頭了，於是就產生了「嗝吐」這個詞。

我可以用較爲普通的用語來表達自己的想法嗎？當然可以。但是在那次的自由書寫中，我那轉個不停的大腦決定了「嗝吐」是我在那一刻要說的話。

我並不是坐在書桌前，刻意想出這個詞的。我只是順從大腦的意思，它要我寫什麼，我就寫什麼。你也應該這麼做。

只要以輕鬆眞誠的態度，專注於腦中正在思索的主題，直接有力的廚房語言就會自然湧現。

技巧二：略過不需要詳加說明的東西

由於上述那段自由書寫只是我寫給自己看的，所以我不需要說明所有的「登場人物」或是相關的背景資料。當然，假如那是寫給別人看的文字，我就必須列出標題，例如：「主題：給紐約時報的評論」。此外，我也必須說明，格林是幫我看草稿的朋友，他在出版社工作……諸如此類的東西。但是對我自己來說，那些都是沒有必要的動作。

技巧三：讓思緒自由跳躍

當你寫的東西是要給別人看時，你必須按照邏輯鋪陳你的論點，讓讀者清楚明白你的論述目的是什麼。然而，在自由書寫時，你可以拋下所有邏輯顧慮，跟隨大腦思緒的自由跳動。我並不是要你欺騙自己接受不合邏輯的論點，我的意思是，在自由書寫的過程中，你的推論不必非常縝密；你可以隨心所欲，自由跳躍。

・重・點・複・習・

✓自由書寫並不是寫作，它是觀察自己思緒動向的工具。

✓既然你是為了自己而寫，你就不需要修飾腦海中的原始想法，以迎合他人。只要你了解自己的邏輯、指涉、用語和獨特意涵，就可以了。

✓**試試看這麼做：**

過去三天內，你聽過最棒的點子或產品是什麼？以它為主題，進行五分鐘的自由書寫，把你所知道的一切都寫出來。（假如你想要的話，可以在紙張的最上端，寫下你到目前為止學到的自由書寫祕訣，就當作是作弊用的小抄。）

時間到了之後，看看你所寫下的內容。假如你把這些東西唸給別人聽，而別人都聽得懂你的意思，那麼你就沒有如實寫出自己最原始的想法。再進行五分鐘的自由書寫，試著把你最真實的想法寫出來。

[祕訣五] 跟著腦袋裡的想法走
Go With the Thought

一九八〇年代中期，我曾經修了一門即興表演的課，希望藉此磨練我自認最有潛力的天分——機智與搞笑。那時候，我幻想自己是修業中的伍迪・艾倫（Woody Allen），並且認爲即興表演課可以爲我帶來寬廣的表演舞台。結果，我大錯特錯。

那門課的老師是某傳統派即興表演劇團的成員，每當學生刻意搞笑時，他就會皺起眉頭。他教導我們：幽默必須是從情境中自然流露出來，絕對不可以強求。因此，他每堂課都會輪流叫幾個學生上台，大聲吼出他爲我們指定的虛擬身分，諸如：「馬克，你是一個流浪漢。辛蒂，你是一個職業婦女，正要去搭火車。」接著他會提供情境，要我們即興演出，好比說：「馬克，你要設法讓辛蒂施捨一點錢給你。」

在與搭檔演練時，我謹慎地說出合乎邏輯的台詞：「女士，可以給我五毛錢，讓我吃頓熱飯嗎？」同時吞下我原本想要說出口的荒謬對白：「女士，我剛才尿在自己身上了。」那門課修完之後，我就再也不碰即興表演了。至少我當時是這樣以爲的。

過了幾年，當我在爲工作上某個棘手的問題進行自由書寫時，我意外地發現，自己利用的正是先前排斥的即興表演原則。我寫道：

還記得即興表演課吧！你必須跟著情境走。

假如你得配合觀眾給你的情境設定，那麼有人要你扮演一個替病人洗牙的牙醫，你就必須配合。你不可以在演到一半的時候，突然違背劇情的發展，並且說：「哦，你以爲我是個牙醫，可是我其實是個婦產科醫生，或賣鞋子的人，或是一隻阿拉斯加棕熊。」你也不可以反駁搭檔對你說的台詞。如果你的搭檔說：「哦，李維醫生，這是你要的X光片。」你不可以回說：「我並沒有跟你要X光片。」因爲如此一來，對方會接不下話，整齣戲就毀了。

假如你希望這場戲能繼續演下去，你就必須回應那句提到X光片的台詞，順著情境即興演出。你要假裝仔細研究X光片，然後說：「你看看，你的牙齒全都是臼齒。」「你看看，你的牙齒全沒了，只剩下牙床。」「你看看，你的牙齒排列和醫學院裡的那些大體的牙齒排列不同。」諸如此類。你可以搞笑，但一定要順著情境中的邏輯。

當我完成這段自由書寫時，我突然意識到，我原本以為即興表演的原則（隨著情境走）就像是一件被雨淋得濕透的笨重羊毛大衣，但事實恰好相反，它可以給你一個起點，讓你釋放你的腦袋，從零開始思考。在那段自由書寫的內容中，我不斷重複提到這個即興表演的方法，並提醒自己要「跟著想法走」。當我的手跟上腦袋裡的想法快速書寫時，我覺得我的想法與書寫充滿了力量。

在快速書寫的過程中，我會對自己說：「跟著想法走。呼應你剛才寫的內容，按著思緒延續下去……你可以天馬行空，可是要確定，那些異想天開的內容會自然地接續前面的部分……根據這個剛剛才出現在紙上的新想法，接下來會發生什麼事？」

我沉醉在這個「呼應與延續」的遊戲中，不用多費力氣就能讓文字流瀉而出，一直寫一直寫，直到我的手痠了，計時器也響了，而就在同時，我找到了一個處理問題的緊急對策。

為了讓這個方法更加易懂，我設計了一個小小的實驗性學習情境。我不會要求你立刻就將此觀念應用在生活中，但讓我們先轉換觀點，做個有趣的小實驗。

在接下來的十分鐘，你的身分是珍妮佛，你在 BeefSalami.com 公司擔任行銷人員，這家剛成立一年的公司專門在網路上銷售義式香腸。由於市場定位成功，你們公司在義式香腸的網路銷售市場，擁有百分之九十的市占率。然而，公司的獲利卻不如預期，你該怎麼辦呢？

首先（在你告訴自己要「輕鬆試」之後），你要先搞清楚，你在這裡進行書寫的目的是什麼。「在網路上銷售義式香腸是我們的利基，但它同時也限制了我們的發展」，這句話似乎是個不錯的主題。接著你可以自問，公司在各方面的營運情況如何，諸如產品、行銷策略、廣告、競爭網站，藉此找出你想要思考的方向。

我們假設，身爲行銷人員的你，比較想要了解的，是大眾對你們公司的產品有什麼看法。你猜想，大多數的人都認爲義式香腸是一種亞硝酸鹽含量很高的劣質食品，它的作法是將各種部位的牛肉混合在一起，灌入腸膜中。（也許這是你第一次意識到，牛的身上並沒有哪個部位是專門用來製作義式香腸的。）你心想，我們該如何改變這種看法呢？

將義式香腸定位成一種高檔食品，這個點子如何？嗯，還不錯。那麼你要怎麼「跟著想法走」呢？

現在你已經有了一個起點（創造出一種高檔的義式香腸），你可以延續這個概念，發展出下一個句子。你寫道：也許，高檔的義式香腸會包裝在金箔裡。還有呢？還可能會被放在精緻的木盒裡，就像雪茄一樣。訴諸人類的虛榮心，太好了！高檔的義式香腸可能會得到某些獎牌與榮譽大賞，這代表什麼意思？高品質的肉品……得獎的食品……從某個充滿浪漫氣息的產地進口……通過某些有名望的機構認證。什麼機構？政府部門……某個產業組織……某個 BeefSalami.com 協助成立的單位？

你心想：假如我跟著最後一個想法走，會走到哪裡呢？在你實際書寫出來以前，你永遠都不知道答案。你也許會寫道：

BeefSalami.com 可以擔任某個委員會的主要成員，這個委員會負責爲大眾把關，確保網路銷售的肉類製品符合最高標準的規範，甚至比美國政府要求的標準還要高。美國政府？爲什麼停在這裡？再跟著想法走。

BeefSalami.com 可以加入某個產業標準組織，而此組織的任務，是確保在全世界的網路銷售的肉類製品，符合某些健康與品質的要求。全世界？這樣就可以把我們的公司提升到國際的層次。你寫道：沒錯，由於是在網路上銷售產品，所以我們公司的確擁有國際級的能見度。作爲某個把關單位的一份子，我們公司可以和其他國家的肉類食品製造商結盟。我們可以把公司網頁的內容翻譯成二十多種語言，在某些國家標榜這是進口食品。

你可以繼續把所有相關的想法都寫出來，直到你覺得自己想說的話都已經講出來了爲止。然後你可以選擇停筆，或者繼續寫下去。假如你認爲你已經得到了一些好點子，或是你對整個情況已經有了比較明確的掌握，就可以停止自由書寫。不過，請記住，如果你想要深入探索，還是可以從其他的角度再度切入。

儘管上述的邏輯看似流暢，但其他人也有可能會從不同的方向切入思考。我們再回到上述情境的開端。你已經思考過大眾對義式香腸的觀感，現在你想往另一個方向探索：也許我們沒有必要改變大眾對義式香腸的觀感。也許 BeefSalami.com 可以把義式香腸當成一種劣等的肉品來銷售，一種街頭食品。那麼你又該如何證明這一點？

又或者，你一開始的假設也許是錯的。你眞的了解大眾對義式香腸的看法嗎？你該如何取得眞實的資訊呢？當你取得這些資訊以後，又該如何加以運用？

你的公司是否應該繼續守住在網路上銷售義式香腸的這個狹小利基？不論這個問題的答案是肯定或否定，「是否擴大營業範圍」這個議題都值得你花幾分鐘的時間好好想一想。

那麼，其他方面呢？到目前爲止，你探討過如何從行銷與銷售的角度來提高公司的利潤。但是該如何從會計或營運的觀點來思考這個問題？並不需要具備這方面的專業知識，你也能做到這一點，至少在自由書寫的時候是如此。你可以先戰戰兢兢地寫出第一個句子，然後順著第一個句子的意思，心虛地寫出第二個句子，這樣就夠了。

好了，現在放下珍妮佛的身分，回來做那個中規中矩的自己。在進行跟著想法走的自由書寫練習時，你並不一定要找到某個重大的問題，認眞地加以思考。只要隨便找一個問題，任何問題都可以，針對它讓你感到困擾的地方，進行自由書寫，這樣就行了。然後，做個小小的實驗，把情境做一點改變，順著改變後的情境，延續想法的流動。假如你能夠讓自己的手盡情揮動，並且允許自己的思緒自由揮灑，你就可以找到一、兩個新鮮的點子。

·重·點·複·習·

✓ 當你跟著自己的想法走時，先假設某個概念是正確的，然後依照邏輯，對這個概念進行推論。（「假如A為真，B就為真；假如B為真，就表示C為真；假如C為真……」）

✓ 由於每個情境皆涵蓋衆多元素，因此你可以朝著多個不同的方向進行思考，但仍然不會偏離主題。（例如，我們兩個人都發現公司的郵資機壞掉了。假如我跟著這個想法走，我的邏輯反應是去尋找弄壞機器的人，但你的反應可能是去修理這個機器。）

✓ **試試看這麼做：**

過去三天內，你聽過最爛的點子或產品是什麼？以它為主題，跟著你心裡的想法走，自由書寫五分鐘。時間到了之後，將計時器再設定五分鐘的時間，朝另一個完全不同的方向思考。請記住，當你運用呼應與延續的技巧來進行練習時，你必須同時遵守先前告訴你的所有自由書寫的祕訣。

【祕訣六】轉移注意焦點

Redirect Your Attention

你的手上握著一枝筆，或是你的電腦已經開機，你準備好針對某個重要的主題進行自由書寫。也許你正在思考，該如何宣布提高收費的新規定；或是你正在思索，要怎麼向老闆提出要求，請他指派更重要的計畫給你。不論你想的問題是什麼，此時你正搭著自由書寫的巴士，不斷前進。但是，突然間，你踩了剎車。前方的道路被洪水沖毀了，你不知道該如何繼續前進。

你快速回顧自由書寫的幾個原則：輕鬆試，沒問題。不停快寫，做到。計時器倒數十分鐘設定，完成。可是現在你的點子都用完了。你心想，自己大概走進了死胡同！

當你盯著前方被洪水沖掉的道路發呆時，遙遠的左前方傳來燈光閃爍。哇，那裡有一條高速公路！你剛剛怎麼會沒有看到呢？接著，你的右邊傳來了震耳欲聾的喇叭聲。天啊！那裡有一條通往大城市的道路！你竟然沒有注意到它！

你環顧四周，發現到處都是道路、出口與城鎮，可是你剛才一個也沒有看到，因爲你的眼睛只顧著直視前方。我將這些道路、出口與城鎮稱之爲「注意焦點轉移物」，當你進行自由書寫時，它們隨處可見。

什麼是注意焦點轉移物？最好的注意焦點轉移物，是你針對先前所書寫的內容，自己問自己的問題。它可以讓你的手和腦袋繼續動下去。

我不僅在私人書寫時會運用轉移注意焦點的問題，在撰寫對外發表的文章時也同樣會使用。當你在看這本書的時候，你會發現我不斷問自己兩個問題：

一、此刻我正在想什麼？

二、我可以如何換個方式說？

這兩個問題是我最常拿來問自己的問題。它們讓我回顧自己做過的事，再度思考我已經知道的事物。此外，即使我認爲自己已經無路可走了，它們仍然可以刺激我想出新的點子。你可以運用的注意焦點轉移物不僅這兩個問題。

轉移注意焦點的問題不計其數，而且可能以不同的形式存在。以下列舉一些例子：

- 我該如何讓它變得更有趣？

- 我該如何提升價值？
- 針對這個主題，我還有什麼話想說？
- 爲什麼我會卡在這裡？
- 我該如何突破這個瓶頸？
- 我漏掉了什麼嗎？
- 我什麼地方想錯了？
- 爲什麼？
- 我該如何證明這一點？
- 我該如何反駁這一點？
- 我對這一點有什麼看法？
- 假如我繼續這樣想，結果會如何？
- 我曾遇過哪些類似的問題？
- 我可以從過去的經驗中找到哪些解決方法，套用在這個問題上？
- 這讓我聯想到什麼？
- 最理想的狀況會是怎樣？
- 最糟糕的狀況會是怎樣？

- 我做對了什麼？
- 哪個部分是我做得很好的？
- 我該如何跳脫目前的思緒？
- 我可以運用我的（或是公司的）哪些優點？
- 哪些缺點需要加以改進？
- 假如那個論點是正確的，證據在哪裡？
- 我爲什麼不適合做這個專案？
- 我爲什麼適合做這個專案？
- 公正的旁觀者會如何評斷這件事？
- 假如我想犯下一個大錯，我會怎麼做？
- 有哪些資料是我需要但還沒有拿到手的？
- 我該如何善用手上的這些資料？
- 我會如何向主管描述這個情況？
- 我會如何向我的母親描述這個情況？
- 我會如何向最支持我的朋友描述這個情況？
- 我會如何向一個陌生人描述這個情況？

現在你應該懂我的意思了。當你遭遇阻礙與難題，或感到困惑時，運用上述任何問題，或是由你自己想出一個不同的問題，與自己進行新的對話。

・重・點・複・習・

✓注意焦點轉移物是一些寫在紙上的簡單問題，你可以拿這些問題來問自己，幫助自己將思緒引導至其他尚未探索過的新方向。

✓**你也可以這樣做：**

請把上述的問題清單再看一遍，挑選兩、三個最吸引你的問題。把這些問題抄到一張紙上，下次當你進行自由書寫時，把它放在你的手邊。當你遇到瓶頸時，或者只是出於好玩，挑個問題來問你自己，看看它會把你帶到什麼地方。

✓**試試看這麼做：**

挑一篇你過去寫下的自由書寫內容，留意看看，假如你在某些地方問自己一個轉移注意焦點的問題，你的書寫將會轉往哪個方向。朝著這個新的方向自由書寫十分鐘。假如在十分鐘結束前，你已經沒有靈感可用了，那麼就用另一個轉移注意焦點的問題，來活化你的思緒。

第二部 有力的精進與改變

假如邏輯思考無法幫助你想出解決問題的方法，那麼你需要採取一個較為間接的方法，而自由書寫就是方法之一。

用最天馬行空的想法，將最突兀的點子組合在一起，寫在紙上。

經過充分練習後，你可能會發現，你現在想出來的點子，遠遠超越你以前想的東西。

在本單元，你會學到在自由書寫時可以運用的許多工具，這些訣竅可以幫助你解放你的大腦，轉換不同的觀點。

【祕訣七】將思緒化爲文字

Idea as Product

作文課的老師常會告訴學生：「書寫就是思考。」他們這麼說的目的，是爲了要解開寫作的神祕面紗，安撫學生對寫作的恐懼。用這句話安慰學生的老師認爲，假如你的思路清晰，並且使用日常生活的語言，你就可以得心應手地將自己的想法表達在紙上。

這是個很棒的建議。我們愈是把寫作當成一件稀鬆平常的事，把它視爲僅僅是表達自我的一種方法（就像和朋友講電話一樣），它對我們來說就愈容易。

然而，對那些想要運用書寫來解決問題的人，一個合理的懷疑是：爲什麼要寫？假如「書寫就是思考」，爲何不省略掉書寫的部分，只要努力思考就好？在這裡我要提出兩個理由，說明將思緒記錄下來，化爲白紙黑字的重要性。

首先，**寫字的動作，或是在電腦鍵盤上敲打的動作，可以有效集中思緒**。人的思緒本來就是跳來跳去的，因此，長時間的思考很容易會變成作白日夢。

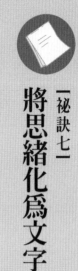

假設我想要處理公司幾個客服人員彼此之間溝通不良的問題。這些員工時常針對工作流程陷入無意義的爭論，把問題搞得愈來愈複雜，最後甚至吵了起來。

如果我試著用思考的方式，想出解決這個問題的方法，我可能會得出幾個好辦法。但是也很有可能，我的思緒會脫離主題，忘了自己一開始想要思索的問題是什麼。

我會在腦海中想像這幾位員工的工作情形，特別是愛惹麻煩的麥可。然後，我突然想起麥可有一輛和我的車同款的吉普車。接著，我想起我需要把車開去保養廠換機油。而我之所以選擇那家保養廠，是因爲那裡的工作人員會大聲喊出自己正在進行的步驟（「我在換過濾器！」），讓人感覺他們像軍人般有效率。還有，保養廠的老闆羅斯認識我，他會幫我打折……

結果，我一開始想到的好辦法不見了，就在我思索員工的相處問題與開車去保養廠之間，這些辦法忽然不見蹤影了。根據我的經驗，人類腦袋的運作方式就是如此。

這種分神與自由聯想的情況並沒有什麼錯，也很常見。但在上述的情況中，我無法透過思考得到具體的成果。這就是未利用具體的事物來幫助我們集中注意力，可能會遇到的陷阱。

當你把思緒記錄下來時，這些文字就會不斷將你的注意力帶回主題上。你不需要學習控制心靈或遵守什麼嚴格的規範，就可以辦得到。即使你的思緒暫時脫離主題，寫字的動作會讓你回想起，你是爲了某個目的而進行書寫。

有一則關於愛迪生的軼事和這個概念有關。每當愛迪生坐在椅子上休息時，他會在手裡握著一把零錢。當他不小心睡著時，零錢就會掉到地上，發出聲響把他吵醒，提醒他回到工作崗位上。

書寫的動作就像是你手裡握著的零錢一樣。當你分神時，你可以把離題的思緒也記錄下來，不過當你離題愈來愈遠時，記得提醒自己，書寫的目的還沒有達成。

你應該把思緒記錄下來的第二個理由是：它可以給你回溯思考路徑的線索。這和第一點有些類似，但有幾個重要的區別。

當你在進行自由書寫時，離題的思緒中可能蘊藏了豐富的寶藏。假如你事後無法回想起這些思緒，錯失了這些潛藏的寶藏，實在可惜。大多數人之所以與這些寶藏擦身而過，只因爲他們對於自己的記性太有自信了。

舉例來說，在某次工作坊中，我和幾個學生進行非正式的訪談。我花了二十分鐘的時間和每個人討論他們的工作情形，並且在他們說話的同時記下幾個關鍵字（我沒有讓他們看到我寫的字）。如此一來，我就可以精確地回想起他們說過的話，不論是切題或離題的談話。

之後，我請每位學生回想他們剛才跟我說過的話，並請他們把自己記得的要點重述一次。平均來說，他們只記得一半的內容，儘管我們的對話才剛結束不久。

因此，我想請你把所有一閃而過的思緒都記錄下來，把它們當作黃金般珍惜。當適當的時機來臨時，這些思緒有可能會創造出無比的價值。

如果你正在思索某個有趣的主題，並且以輕鬆、不加評斷的態度進行書寫，你所寫出來的字句中，將蘊藏你無法想像的解答與可能性。換句話說，假如你期待自由書寫最終將引領你到達一個值得探索的地方，那麼你就一定會找到那個地方。

再回到前面提到的「員工問題和保養廠」的例子。我提到這個故事的目的，是爲了說明思考有可能會淪爲作白日夢。我原來的目標是要想出幾個好點子，解決不斷發生的員工問題，但是我的注意力最後卻變成把我的吉普車送去保養。

假如同樣的離題思緒被記錄在紙上，我就有機會讓注意力重回主題，也有機會檢視被保留在紙上的離題思緒。於是，我就有可能找到解決問題的方法。

當我寫下對保養廠的想法時，我可能會注意到，保養廠員工在工作時大聲喊出工作流程的習慣，令人聯想到軍隊的作法。也許，這種用語言回報來確認的方式，也可以適用於公司員工的溝通上？答案可能是肯定的，也可能是否定的。最重要的是，自由書寫幫助我把離題的思緒記下來，讓我在日後可以加以探究。

‧重‧點‧複‧習‧

將思緒化為文字的動作很重要，因為這麼做可以：

✓將你作白日夢的機率降到最低。
✓讓你的注意焦點不會偏離主題。
✓讓你的思緒有跡可循，重回起點。
✓留下具體的東西，供你日後檢討或使用。
✓讓你可以檢視自己每天的思考內容。
✓自由書寫的內容可以告訴你，你想過哪些東西，以及你沒有想過哪些部分。

✓**試試看這麼做：**

針對某個問題進行五分鐘的自由書寫，然後把這些內容先擺到一邊。現在，再設定五分鐘的時間，試著回想你剛才的思考內容。比較兩者，在第二次的書寫中，你漏掉了什麼？又不小心加入了什麼？

[祕訣八]
運用引導句
Prompt Your Thinking

假如你曾經嘗試自由書寫，你可能聽過一個名詞，叫作「引導式書寫」。引導式書寫是一種自由書寫的練習。當你在進行引導式書寫時，你並不是想到什麼就寫什麼，而是要根據某個特定的句子（稱之爲「引導句」）所引導的方向，進行書寫。

引導句要怎麼使用？好比說，假如你想要進行十分鐘的書寫，而且希望有個引導句作爲提示，我可能會說：「請完成以下這個句子：上班時間最棒的地方是……」你就根據這個句子開始書寫。一開始，你要先完成我給你的句子。然後，你可以在接下來的十分鐘內都書寫同一個主題，也可以在幾分鐘或甚至幾秒鐘之後，轉移到其他的主題。

書寫時可以利用的引導句不計其數，任何開放式的句子都可以。你可以自己發想，下列是幾個例子：

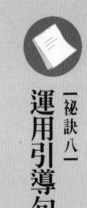

「我昨天看到了一個奇特的東西……」

「假如我從今天開始……我會很佩服我自己。」

「假如不必工作，那麼我會……」

「我對無聊的看法是……」

「如果有一天，我一覺醒來發現自己變成三公尺高的巨人，我要做的第一件事情是……」

「我想告訴你一個故事……」

「我丟了一塊石頭，結果它掉到……」

「我記得……」

我有多次運用引導句的經驗，但我從不將它視爲常態性的工具。爲什麼？原因可能是我過於自大。也許我認爲，我有豐富的自由書寫經驗，不需要外在引導的協助。又或者，我從小到大看過太多特立獨行的獨立製片電影了，因此我想要擁有絕對的主控權，不希望別人告訴我該怎麼做。這只是我的猜測而已，我也不確定我爲何很少使用引導句。

然而，在與蘿賓．史提利（Robyn Steely）談過之後，我對這個技巧產生了截然不同的看法。

史提利是非營利組織「在波特蘭寫作」（Write around Portland）的執行總監，這個組織與社服單位合作，協助社區營造的進行。它針對因爲健康、貧窮與其他因素而無法上寫作課的人，舉辦寫作工作坊，服務對象包括養老院的老人、身心障礙人士、戒斷人士、家暴受害者、遊民等等。

這些工作坊的指導原則，就是自由書寫。學員們拿著紙筆，圍坐成一圈，由講師提供兩個引導句，例如：「關於我們……」和「夜晚的空氣聞起來像……」，讓學員自由發揮。每位學員可以選擇一個引導句，作爲書寫的開頭。稍後再分享彼此書寫的內容，並針對書寫內容中比較突出的論點，給予意見回饋。

史提利表示，引導句並不會限制我們的思考，反而會讓思考更加自由。對於相同的引導句，某位學員可能寫下自己早餐吃了什麼，另一位學員寫的則是自己參與某場戰役的故事。

不論書寫的主題是大是小，最能撼動人心的，是眞誠的書寫內容。事實上，講師會建議學員，不要爲了讓自己的書寫顯得專業，而過度修飾書寫的內容，或是將事實刪除，因爲讀者很自然就可以分辨，你寫的內容是否眞實誠懇。

因此，引導句可以幫助人們觸碰他們從來不曾想過要書寫的題材，促使思緒朝向意料之外的方向發展。

當我問史提利，好的引導句應該具備什麼條件，她給我這樣的建議：「引導句要簡短，而且不會造成侷限。例如，『暴風雨過後……』就是一個好的引導句。這個句子很短，指的可能是童年的一場暴風雨、一個風暴，或是一件和暴風雨一點關係也沒有的事。」

以下列出更多可供你參考的例句：

可以讓今天變得更刺激有趣的兩件事是……

我想要了解關於……

我可以做出最不一樣的事情是……

假如我把日常所做的每件事，以相反的方式來完成，情況會變成……

我喜歡……

我討厭……

我很怕……

我找不到爲什麼自己還沒做這件事的藉口，我應該……

説來也許有點瘋狂，但我們公司的生產力應該可以再成長五倍，假如……

這話聽起來也許不太合理，但是……

假如一定會成功的話，那麼我想進行的計畫是……

我非常擅於＿＿＿，但是我寧可不運用這項專長，因爲……

我非常不擅於＿＿＿，但我想要試試看，因爲……

老闆可以做三件事來幫助我，分別是……

我可以做三件事來幫助我的上司，分別是……

我需要練習……

我應該做更多……

假如我現在可以重返校園，我想學……

假如我不必工作，那麼我會……

令我擔心的情況是……

假如時光跳到五年後，我過著與現在截然不同的人生，我會是……

我在工作上最想做的兩件事情是……

你知道哪件事是我想再做一次的嗎……

最令我引以爲傲的計畫是……

假如我從今天開始……我會很佩服我自己。

我應該馬上打電話給＿＿＿＿＿，因爲……

我知道有三件事可以改變這個世界，分別是……

假如我要在畢業典禮上致詞，我會告訴所有的學生……

當我上車後……

我無意間聽到……

我忘了帶錢包……

天快黑了……

鳥兒正在歌唱……

我打開門……

兩天後……

・重・點・複・習・

✓ 引導句可以幫你暖暖身，讓你朝著意料之外的方向思考。

✓ 好的引導句要簡短而且沒有侷限性。

✓ **試試看這麼做：**

在下列兩個引導句中挑選一個，進行十分鐘的自由書寫：「我想告訴你一個故事……」或是「這話聽起來也許不太合理，但是……」。

[祕訣九] 詞彙解析

Open Up Words

以下是我某次進行自由書寫時所寫下的內容：

只要看到作者使用「充分授權」這個詞，我就想打哈欠。當然，我知道這個詞的意思是「分權」和「給每位員工做決定的權力，以服務顧客，包括第一線的人員在內」。但是，除非這位作者是我信任的人，他曾深思熟慮過這個詞，而且會以身作則，否則我會認爲，大多數人使用這個詞，只是因爲它會讓自己看起來像是個心胸開放的人。

大多數的企業並沒有實施充分授權，即使實行，也成效不彰。對大多數人來說，充分授權是一個未經驗證的概念，或是漠不關心、自由放任的管理者所使用的託詞而已。

傳統的「充分授權」還隱含了其他問題。假如員工獲得了充分的授權，他們有可能會在顧客面前犯錯。這種情況如果出現在書裡，可能還無所謂；但假如發生在大排長龍、一肚子怒氣的客人面前……假如員工獲得了充分的授權，他們可能會用這個權力，將自己的偷懶合理化，並且把沒有效率的服務解釋為他們認為必要的作法。

就算員工獲得了充分的授權，他們仍然需要接受監督，因為他們代表公司採取行動，而這些行動有可能會對整個公司產生影響。

我知道我這套說法聽起來很刺耳。看到上述言論的人，可能會認為我是個一板一眼、遵守階級制度的人。但事實並非如此。我有時候堅決支持充分授權。但是我也有理由不信任他人，並且拒絕只因為這個詞聽起來很開明，就把組織的鑰匙交給別人。

當你看完這段節錄的文字後，你可能會心想：「好吧，這個章節要討論的是充分授權之惡，那麼李維究竟要怎麼把自己的論點說清楚、講明白呢？」但是你錯了，關於充分授權這個主題，我已經把我想講的都說完了，至少在這本書中，我不會再加以討論了。上述那段自由書寫，只是我運用「詞彙解析」的技巧所完成的作品而已。

當你在解析詞彙時，你把那個詞彙（或是涵蓋那個詞彙的句子）加以重新定義，讓它產生專屬於你自己的意義。在某種意義上，你拆解了這個詞，把其他人給它的無趣定義丟掉，親自探索那個詞的意涵是否爲眞。就像是醫學院的學生藉由解剖大體，學習如何治療患者一樣。你剝下詞彙的外皮，分解它的內涵，研究它的基本意義。以下是我進行的方式：

第一步：找一個詞彙來進行解析

當你看著一篇商業管理的文章、雜誌的專欄、自由書寫的內容，或是當你正在工作時，必定會遇到一些常被人們視爲理所當然的詞彙，這些詞彙往往會讓人們不假思索就相信，它們就是你應該特別留意的字眼。

也許你會看到像「充分授權」這樣的詞，這種人們不加多想就給予正面評價的用語，這樣的詞彙值得你加以研究一番。也許你也會看到像是「刪減預算」這種馬上會引起人反感的用詞，這類的詞彙也值得我們做進一步的檢視。

又或許，你會看到像「產業」這種看似中性的詞彙，這類用詞往往可以透過自由書寫的解析之後，帶來出人意表的結果。

第二步：寫出這個詞彙的常見定義

假如你回顧我針對充分授權所寫的文字，你會發現我開門見山就先說明這個詞的意涵，包括它最常被濫用、最死板的意義。我寫出了一般人看到這個詞或是在生活中遇到這個詞時，心中的想法。

第三步：問問自己是否同意這個定義，並解釋理由

由於你已經把詞彙的基本定義寫出來了，接著你就可以根據這些定義，延續你的書寫。

第四步：問問自己，下次再看到這個詞時，會有什麼想法？

在抨擊別人的刻板看法、列出自己的見解、進行激烈的辯證之後，假如你不將自己的思考過程與最後得到的結論簡述出來，有可能會一無所獲。因此，你要用一、兩個簡單的段落告訴自己，你如何透過詞彙解析，強化自己對這個詞的了解。

現在，把我剛才提到的方法結合起來，看看詞彙解析實際上是如何運作的。我從書架上取出哈里森．歐文（Harrison Owen）的《擴展現狀》（*Expanding Our Now*）這本書，下列的段落是我先前就在書中標注起來的：

> 管理階層要你相信，每個必要的活動都有一定的程序，你必須依照這些程序來完成工作。然而，事實並非如此。很多時候，我們必須略過某些程序，才能將工作完成。繞過程序的情況往往被視爲特例，但我認爲它才是王道。

毫無疑問，上述句子中沒有任何模糊不清之處。然而，假如我們不解析「繞過程序」這個詞，當我們看到下一個段落時，就會忘了它的意義。以下是利用自由書寫，對這個詞彙進行深入分析的過程：

> 「繞過程序」是歐文表達「爲了達到目的，不按照規定行事的作法」所用的詞彙。我立刻就接受了這種說法，但爲何如此呢？
>
> 一般來說，我認爲我們現在之所以做某些事，是因爲我們的前人也做了那些事。假如我們的前人換成了不同的人，我們現在要做的事可能就不同了。

這有點像是「假如……那麼就……」的假設性問題。例如，假如第二次世界大戰的贏家是納粹，那麼現在我可能就不會坐在這裡，用電腦書寫這個主題了。我有可能不會出生到這個世上，或是在出生後就夭折，或是從事完全不同的工作。

同樣的道理也適用於我們珍視的目標，以及我們達成目標的方法。

我很喜愛文學，但這是因爲前人建立了一個文學世界。假如前人不重視文學，而是透過收集樹葉來表達個人的情感，那麼我此生的人生目標，有可能就變成了收集樹葉。我自認不是那種極具創造性或革命性，非得闖出一條文學之路不可的人。因此，我有可能一輩子也不會去想文學的事，就算我想了，也只會認爲它微不足道。

這個道理也可以用來說明「前人立下規範，後人遵從」這件事。

當我家草坪的草長得太高時，我不是把負責除草的人炒魷魚，就是打電話叫別人來除草。然而，我之所以會這麼做，是因爲我從小就被教導要這麼做，這是從小耳濡目染的結果。假如前人不認爲整理草坪很重要，我非常肯定，我現在絕對不會想要處理草坪的事。而假如前人連草坪都沒有，那麼我很確定，我也不會在院子裡種下一片草坪。好了，李維，回到正題。這番納粹與照顧草坪的言論，到底和「繞過程序」有什麼關係？

關聯在此：「繞過程序」這個詞聽起來好像是一件錯事，就像是說：「沒錯，你是把事情辦好了，但是你太愛現、太難搞了。你是個叛徒，沒有團隊精神。」然而，事實上，當你（正確地）「繞過程序」時，這表示你了解大多數的程序是可有可無的，換句話說，沒什麼大不了的，它們的存在只是為了達成目標而已。假如某些沒人用過或想過的其他程序，可以幫助你更加順利地完成工作，那麼就採用吧。

我是怎麼「繞過程序」的？我還記得，我曾經幫助某家書店，湊到了他們所需要的書。

那天晚上，有一位知名作家要到那家書店進行簽書活動。結果，那家書店突然發現，店內的書數量不足。

按照一般流程來處理的話，我會告訴那家書店的採購人員，我無法在這麼短的時間內幫他調到足夠的書，然後我就不會多管了。但是我繞過了標準程序，運用另類思考，超越了一般人對我的工作範圍的認定。

我告訴那位採購人員幾個我認為合理、但他從來沒聽過的選項：打電話給這位作家，問她手邊有沒有書可以帶來書店；打電話給這位作家的出版社，問他們能不能找出庫存；假如出版社這個正常管道也沒有足夠的庫存，那麼就和這位作家的編輯聯絡，因爲他的手邊可能會有一些樣書；向附近態度友善的書店求援；向附近的競爭書店買書，以保住顏面（假如他想要，我可以替他打這通電話）；告訴讀者過幾天會把書免費寄給他們，而且書裡會附上作者的簽名。

透過上述策略的運用，那晚的簽書會順利地畫下了完美的句點。這個故事也許不像前述納粹得勝的假設那麼震撼，但對我來說很有效。這個故事清楚說明了「繞過程序」的概念：我採取了違反常規的方法，幫客戶調到書；我所做的事，超過了一般經銷商業務代表的責任範圍。

拉拉雜雜寫了一大堆，我對「繞過程序」這個詞到底做出了什麼樣的結論呢？假如你眞的需要得到一個具體的答案，我會說：不要神化大多數人遵從的習慣性作法。那些習慣性作法很可能是前人透過反覆測試，摸索出來的方法。假如前人嘗試的是其他方法，那麼你現在要遵從的，又是另一套習慣作法了。

在我們結束這一章之前，請留意一下這件有趣的事：在本章的開頭，我解析了「充分授權」這個詞，並且在消極的情緒中結束了那段自由書寫。而當我寫到本章的尾聲時，我解析了「繞過程序」這個詞，以積極的精神來結束這段書寫。這兩段書寫內容有什麼相同與相異之處？也許你可以針對這個主題，進行一番自由書寫。

·重·點·複·習·

✓ 進行詞彙解析時，你要寫出四樣東西：要研究的詞彙、這個詞彙的一般定義、你對這些一般定義的看法，以及你對詞彙的定義所提出的獨到見解。

✓ 進行自由書寫時，你要時時刻刻向自己解釋，你為什麼會有這些看法。當你這麼做之後，你將會發現，你既有的看法往往是沒有根據的。那麼該怎麼辦呢？請你花一點時間與精神，尋找你認為合理的答案。

✓ **試試看這麼做：**

列出你從事的行業中所使用的五個專用術語，然後為每個詞彙進行五分鐘的解析。

【祕訣十】放下自己的聰明才智

Escape Your Own Intelligence

我曾參加過某個工作坊，那天的活動以商業管理作家的研討會作爲結尾。研討會結束後，我和其他學員坐在餐廳裡休息。無意間，我注意到坐在角落的一位女士，她正拿著一支很粗的麥克筆，在一張紙上畫圖。於是我忍不住朝她的方向走過去。

她在那張紙上密密麻麻地畫滿了東西，包括許多圓形、三角形和未完成的方程式。到處都有箭頭指向不同的方向。這張圖複雜得嚇人，就好像是登陸月球的火箭發射計畫一樣。

我問這位女士，她在畫什麼，而她的答案出乎我的意料之外。她說，她試著用圖解法，找出人們如何利用更清楚、更直接的方式進行對話。

這位女士說，她是某商學院的教授，她來參加研討會是因爲她想要寫一本書，她認爲她正在研究的溝通模式可以作爲書的主題。但是書寫的進度很不理想，一點也不順利。

她向我解釋她構思的溝通模式。這個模式極爲抽象，很難令人把它和人類行爲連結在一起。她並不是從日常生活中取材，來架構這個模式。她只是在一個理論上堆上另一個理論而已。就在這樣的過程中，她遇到了概念上的瓶頸。

她談及這個溝通模式和自己所遇到的難題，說了二十幾分鐘之後，她問我有什麼看法。通常我只有在別人的要求下，才會提供意見。於是，我指著那張紙對她說：「請你記住，你畫出來的不是現實狀況，而是只適用於你自己的問題的解決模式。你畫這張圖的目的是爲了要釐清觀念。假如它無法達到這個目的，那就把它簡化，或是乾脆丟掉。假如這個模式會讓你卡住，就表示它不是一個好的模式。」

這位女士聽了之後不太高興，但她懂我的意思。她以爲自己需要提出一套抽象複雜的大道理才能出書，甚至還要具備許多可變動的要素。所以她努力想要完成這個溝通模式。但是，將概念複雜化往往得不到好的結果。

有時候，我們會急著想要展現自己的聰明才智。我們會被看似聰明，但在現實生活中無法實行的點子給困住。那麼，該如何放下自己的聰明才智呢？

我的作法是，遵從肯恩．麥可羅利的建議。不要「在大道理上碰運氣」，他說，「從事實下手」。

從事實下手是我們很容易就可以辦到的事。因爲這麼做既沒有壓力，也沒有模糊地帶。你可以輕易地抓住事實。而事實可以讓你的注意力從盤根錯節的概念，轉移到具體的世界，它可以讓你有所依據。當你累積一些事實之後，往往更能夠看出從前沒看到的解決方法。

在自由書寫時，你該抓住哪些事實呢？答案是：顯而易見的事實，近在眼前的事實。

假設你開了一家小型的會計師事務所，而你想要發行一個關於業務通訊的電子報，但是不知道該從何下手。

電子報裡應該包含哪些內容？核心讀者群是誰？由誰來撰寫內容？該如何發送出去？你要如何兼顧自身的工作與電子報的發行？

於是，你決定針對這個問題進行自由書寫。要從哪裡開始呢？顯而易見的事實是：

我想要發行業務通訊電子報，可是我不確定該如何進行。讓我們先從一些顯而易見的事物著手。

我的公司專爲年收入從五十萬到五百萬美元的小型企業執行會計業務。客户大多數是服務業的公司。我們靠口碑贏得了這些客户。還有什麼是顯而易見的事實呢？

以靠數字糊口的人來說，我算是能寫的。可是我寫東西的速度很慢。以前幫校刊寫專欄時，我通常要花上十個小時的時間，才能寫完一篇文章。我那時可以花十個小時來寫一篇東西，是因爲我還是個學生，時間相當充裕。這給了我一個點子。

在我們公司的方圓百哩内，有四所大學。也許我可以請這些學校的學生來幫我們寫稿？我眞笨！爲什麼不乾脆也找其他地區的學生來寫稿？那我該打電話給誰呢？我想，應該是每個學校裡負責學生實習或建教合作計畫的人吧。好，現在我可以做一件事：與學校聯絡，尋找懂會計又能寫作的學生。

再回到顯而易見的事實。我現在訂閱了七、八份業務相關的電子報，那些公司是怎麼發行他們的電子報呢？我想，那些電子報的最底端，應該會列出它的發行管道。我從來沒想過這件事。所以，我接下來要了解一下這個部分。

還有什麼？這些電子報都是在一週的頭兩天寄出來的，也就是星期一或星期二。我想是吧。我應該去查證一下，這樣我就可以知道發送電子報的最佳時間點了。

列出顯而易見的事實，有助於讓原本緊張的大腦平靜下來。一項事實往往會帶出另一項事實，這是一個連鎖效應。

你不需要按照任何合乎邏輯的順序來列清單。你正在進行的是自由書寫，因此，你應該運用自由書寫的輕鬆態度，找尋顯而易見的事實。你可以隨心所欲跳躍思緒，當你想到更有趣的事實，就立刻放下原本的資訊。

・重・點・複・習・

✓有時候，我們的腦中會冒出不請自來的想法，讓情況變得更加複雜。

✓假如你的思緒被困在死角或是卡住了，那麼就針對這個情況進行自由書寫。將情境中顯而易見的事實列出來，只要簡單地記下事實，這些事實可以幫助你，走出思緒的迷霧。

✓**試試看這麼做：**

想想最近一直困擾著你的某個問題，一個看似沒有解答的問題。然後針對這個情況中顯而易見的事實，進行十分鐘的自由書寫。簡單的事實就好：關於這個情況的事實、你有什麼想法、其他人有什麼想法、有哪些事已經做過了、有哪些事是可以試試看的、可能的阻礙是什麼、哪些是合理的想法、哪些是不合理的想法，諸如此類的事實。不要試著做線性思考，想到什麼，就寫什麼。讓事實一個接一個引導而出。最後看看，這種作法是否為你的問題，打開了通往另一條路的大門。

[祕訣十一] 抽離的價值

The Value in Disconnecting

當我在進行團體課程時，我會請參與者坐在自己的位子上進行自由書寫。我會問他們：「你要如何在一個星期之內，讓生產力提高四倍？」「有哪些事是你想做，但還沒做過的？」諸如這類的問題。他們用紙筆回答問題，然後我們再一起討論他們所寫的內容。

通常一整天的時間裡，我都只讓學員進行簡短的自由書寫，每次五到十五分鐘不等。然而，當一天快要結束時，我會請他們到教室外面去，連續書寫三十分鐘。不騙你，每個人聽到我這樣的要求時，都像觸了電一樣。

他們覺得沒有人可以連續不間斷地寫三十分鐘。但從來沒做過的事，永遠值得你去嘗試看看（只要沒有危險的話）。誰知道會發生什麼事呢？手抽筋？噁心想吐？產生幻覺？變形？找出答案的唯一方法，就是去試試看。

至少，這些學員回到家以後，可以有話題跟家人分享。不停書寫那麼長的時間，或許比不上跑完馬拉松或是爬上一座高山那麼值得炫耀，但仍然值得一提。

總之，當他們在書寫時，我會在他們的座位之間走動，查看他們狀況。我不時會鼓勵他們，或是說個笑話。

我不會看他們書寫的內容。儘管如此，我總是能察覺到他們靈光乍現的那一刻。當我走過某人的身邊時，我會指著紙張的某處說：「你從這裡開始討論到一件重要的事。」或是：「你從這裡開始文思泉湧。」

我幾乎每次都說對了，學員們很想知道，我是怎麼知道的。

我的祕訣其實很簡單：當他們開始書寫時，總是一板一眼地寫著，而且每個字都寫在格線上，非常整齊。但是，一旦他們放鬆下來，內在的編輯開始鬆手，漸漸書寫出發自內心的思緒時，他們的動作就會放鬆下來。

這個情況是在瞬間發生的，而且很容易察覺到，即使他們面對著我，我只能倒著看他們的書寫內容。他們的字體會開始變大、變潦草，一行字往往會占了好幾行格線。此外，他們寫出來的字墨色也變淺了，因爲他們不再那麼用力寫字。

這不僅是手的放鬆，也是腦的放鬆。就在這一刻，他們不再擔心自己寫的東西正不正確，或是語氣是否有禮，他們此時正運用另一部分的腦，挖掘出粗糙原始且有創造力的思緒。

後來，我調查了一下。我問這些學員，是什麼讓他們靈光乍現。他們給我許多不同的答案。

有些人說，當他們覺得疲倦時，靈感就突然來了。就好像他們本來把所有的精力都用來維持思緒的嚴謹，可是一旦累了，就顧不了那麼多了，於是思緒就自然流瀉出來。

另一些人則說，靈感是在他們探索某個思緒時浮現的。他們當時正在書寫一些對自己很有意義的主題，當他們探索過所有的觀點後，便進入了忘我的狀態，被書寫帶著走。

然而，還有一些人提出了另一個不同的答案。注意力是否疲乏並不是原因，他們也沒有追隨某個思緒。事實上，他們做的事恰好與追隨某個思緒相反。當他們放棄原有的思緒，轉而跟隨一個更真實的新思緒時，靈感就自然浮現了。

換句話說，他們從原本行不通的思緒抽離，跟隨這個思路，讓自己跳上另一個更好的方向。

派特．施奈德（Pat Schneider）曾寫道：「抽離與連結同樣重要。一個畫面會觸發下一個畫面。這就好像一個人想要利用溪水裡的五塊大石頭，跨越湍急的溪流。唯有踏上第一塊石頭，然後拋棄它，再踏上第二塊石頭，以此類推，最後才能踏上第五塊石頭，然後躍到河的對岸。」

因此，不要留戀沒有用的思緒，這一點很重要。不要認爲你已經花了許多時間和精力思考某個解決問題的方法，所以你就必須緊抓著它不放。一個思緒會引發另一個思緒，這是連鎖效應。以發射火箭爲例，有些思緒就像是火箭的某一節，當它帶你進入高空後，就必須脫落，唯有如此，你才能順利進入外太空。因此，每個思緒都對你有幫助，但也同樣可以捨棄。

當我需要拋棄某個思緒時，我一點也不會心軟：

想要招攬更多生意的方法，就是寫白皮書。哇！白皮書？我連假裝有興趣都做不到，這不是我的菜。我該想想如何加快演講的準備工作了。那會是什麼情況？

有時候，我會寫到一半，就拋棄某個思緒，完全不打算將它寫完，或是作任何評論。按了幾次空白鍵之後，我就跳到其他的主題上了：

現在，我的思考主軸是想出策略。也許我應該加入一些執行的選項，像是書寫計畫。

我還記得，那天和傑克聊天，我們討論到……

有些時候，當我正要從某個思緒抽離，進入下一個思緒之際，我會思考一下自己學到了什麼：

行銷活動已經夠了，我接下來要思考一下其他的策略。不過，至少我從這個主題學到了：我需要找到一個可以與大眾接觸的固定管道，而大眾需要一個好理由足以吸引他們定期造訪我們。

針對「抽離」這個主題的書寫，令我聯想到我最喜愛的一篇文章——理查．雨果（Richard Hugo）的〈將主題一筆勾銷〉。在文章裡，雨果談到了如何教導學生寫詩。他的建言也同樣適用於點子發想與自由書寫。雨果寫道：

詩人寫下了標題：「秋雨」。他想出了兩、三個關於秋雨的好句子，然後情況開始變糟。他找不到任何關於秋雨的話可說，於是他開始憑空捏造，走上扭曲、抽象之路，然後把他已經告訴我們的話，再解釋一次。他所犯的錯誤，是他覺得自己所說的話必須不離秋雨，因爲他覺得那是詩的主題。老實告訴你，那根本不是詩的主題，你不知道詩的主題是什麼。當你想不出關於秋雨的東西可寫時，就開始談談其他的東西。

當你在進行自由書寫時，你的書寫內容是有生命的。只要你願意放手，書頁上的種種念頭都可以自由改變。當思緒來臨時，你必須以開放的心接受它最眞實的面貌。當好東西出現時，立刻抓緊它，不要管它是否符合你正在書寫的內容，也不要害怕背離把你帶到此處的思緒。

・重・點・複・習・

✓在進行探索性書寫時，抽離與連結同樣重要。把每個思緒與畫面當作墊腳石，因為它們可以帶領你找到你最需要的東西。

✓你可以自由決定要如何從某個思緒抽離。你可以丟棄它、離開它，或是從中學到一些東西，這些方法沒有優劣之分。

祕訣十二 突破既有的假設與概念

Using Assumptions to Get Unstuck

幾年前，我太太請我幫她設計一套魔術技法。要我設計魔術並不是什麼奇怪的要求，因為四十年來，我一直對魔術非常著迷，而且曾以魔術為主題寫過幾本書。然而，我太太的要求有個陷阱。

她需要的魔術技法並不是作為娛樂用途，而是要用在電腦課上。她正在上一門電腦語言的進階課，這門課的老師給全班同學開了一個作業，聽起來很像是要他們都學會讀心術。

這個作業是：設計一個程式，要在十個問答以內，猜出電腦從一到九十九之間選擇的某個數字。

我拿起紙筆，開始自由書寫。

「要電腦選一個數字，」我一邊說、一邊寫下，「然後問它：『你選擇的是一位數嗎？』假如電腦說是，那就從一到九逐一詢問電腦，直到答對為止。假如它說不是，就把一到九排除。接下來，問電腦選的是不是偶數。假如它說是，排除所有的奇數，假如它說不是……」

很快地，我就完成了這個作業，我可以在十次問答之內，猜出電腦選擇的任何數字。我沒有使用任何障眼法，而且這也不是爲了娛樂用途，總之我達成了老婆大人指派的任務。我太太研究了一下我的筆記。

「太好了！」她說：「現在我只要把你寫的數學演算法……」

「等一下，」我說：「數學演算法？我寫的？你在說什麼？」

我太太向我解釋，創造出這個技法的所有步驟合起來，就是一種數學演算。事實上，她還稱讚我有數學頭腦。

「數學頭腦？我唸書的時候，數學時常被當掉耶。」我說。

我創造了這個技法，但是我也被這個技法給蒙蔽了。我滿腦子想的是技法，結果卻完成了數學演算。

現在，我想問你一個問題：當你想著「技法」而不是「演算」時，你可以把生活中哪些事情做得更好？或是換個問法：你該如何轉換你已經知道的東西，幫助你了解你不懂的事物？

我要提醒你，這不是在玩文字遊戲，而是扭轉觀點，這個方法對於你如何切入問題會有很大的幫助。

在上述的例子中，假如我太太一開始就要我幫她寫一個數學演算程式，老實說，我根本不知道該從何下手。我很可能會無法完成任務，讓我太太大失所望，而且我也將錯失了一個充滿樂趣的體驗。

用概念轉換來解決問題，並不是什麼新鮮的觀念。概念轉換是進行典範轉移（paradigm shift）的一個方法。

典範是一個或一套情境相依（situation-dependent）的假設，可以幫助我們解決問題。但遺憾的是，這些假設也會讓我們看不見其他的方法。

一千七百年前，人們相信地球是一片平坦的大地。就某方面來說，這個典範，這個假設，對人類是有益的，因爲它提供了一套求生的原則。人們不會遠行，因爲……他們認爲自己假如跑太遠的話，就會掉下去。他們不會到遠方去做生意，因爲……他們認爲假如自己跑太遠的話，就會掉下去。這個假設也許限制了他們的行動，卻讓這個世界井然有序。這個假設害了他們，也幫了他們。

今天，「地球是平的」這個典範似乎行不通。但是，我們的生活裡隱藏了各種典範，把我們限制在某些思考與行爲的模式中。你要如何找出這些典範並加以突破呢？就像我寫出數學演算的方式一樣：無意或刻意地忽略情境中的規則，並用新的規則取而代之。

在一開始的故事裡，我用我熟悉的概念（技法）取代了我不熟悉的概念（演算），藉此推動情境的進展。但是，你也可以反其道而行，用你不熟悉的概念來取代你所熟悉的概念，讓問題出現轉機。

幾年前，我正在寫一本關於說服術的書，有一位體育記者打電話給我，問我對某個新聞事件的看法。他說，職棒大聯盟的某個球隊把隊上最優秀的兩名球員釋出，換來好幾個沒沒無聞的菜鳥。這個球隊的老闆使用這種撿便宜的策略已經很多年了，他究竟爲什麼要這麼做？

這個記者認爲，兩位明星球員個別的薪水高達數千萬美元，而那些菜鳥每個人的年薪只有數十萬美元，從這個角度來看，球隊老闆可以藉此省下一大筆錢。

但是，這個球隊也不是沒有問題。長久以來，它的球票銷售成績在職棒界始終是最差的幾隊之一。許多分析家指出，問題出在球隊的經營者老是喜歡用明星球員去換便宜的新秀。球隊的支持者常常覺得自己遭到了背叛，於是就以拒看球賽的方法來表達他們的憤怒。

這位記者問我，身爲一個深諳說服之道的人，我會如何說服不滿的球迷，花錢買票去看一群沒沒無聞的球員打球。而我又會給球隊的經營者什麼樣的建議？

我第一個想到的是典範與假設的問題。從售票成績長期不佳的事實看來，球隊老闆顯然對經營球迷之道有一些奇怪的假設，或是沒有看到其他的選項。要突破他們的盲點，一個可行的方法就是概念的轉換。

「假如問題在於：如何爲一群無名小卒，培養一大群願意購票欣賞他們打球的球迷。」我對這位記者說：「那麼球隊經營者該做的是，看看有誰曾經解決了同樣的問題。換句話說，有誰曾經從無到有，建立起最死忠的龐大粉絲團，而他們是怎麼辦到的？」

我建議球隊老闆先去看看大聯盟裡的其他球隊，也許可以從中找到好的策略。不過，事實上，他們極有可能看到自己熟知的球迷經營策略，因爲他們身處同一個領域，都遵從類似的一套假設行事。

再者，他們可以參考北美地區的其他職業運動，例如美國職業美式足球聯盟、美國職業籃球聯盟，以及美國職業冰上曲棍球聯盟。他們有類似的球迷經營之道，但又不完全相同。

我建議球隊經營者也看看其他國家的職業運動界，了解別人解決問題的方法。棒球運動雖然是美國發明的，但是最死忠的棒球迷卻出現在日本。日本是怎麼辦到的？有哪些作法是美國可以師法的？

然而，假如球隊經營者想要學到一些新的東西，他們就要參考運動界以外的領域。在那些領域中，粉絲是透過什麼樣的理念與方法凝聚起來的呢？例如：政治界、音樂界、哲學界、醫學界、製造業、工程界、都市計畫、眞人實境節目、社區運動等等。

向其他領域借鏡，才有可能創造出眞正的典範轉移。理由是：每個領域都有其盲點，各個領域的盲點很可能都不相同。當你從不同的角度看待事情時，你就會得到全新的觀點。

這位記者對政治界非常了解。他說，爲一個沒沒無聞的人建立起廣大的粉絲群，他想到的一個例子是美國的民主黨與該黨提名的總統候選人約翰·凱利（John Kerry）。凱利在黨內初選時，還沒有太大的知名度。因此，民主黨必須要在很短的時間內，找到方法爲他累積支持者。

接著，這位記者提到了民主黨所使用的策略。他每提到一個策略，我們就將它應用在上述棒球球隊的情況中。有些點子似乎很愚蠢，有些很普通，而有些則顯得特別且看似可行。這些絕妙的點子令我們開懷大笑，而幾個小時前，我們還想不出任何可行之道。

你要如何將概念轉換運用在自由書寫中呢？請你回答下列四個問題：

一、我想解決什麼問題？

（用詞不要太過明確，籠統一點。好的問題像是：「我該如何爲沒沒無聞的人培養支持者？」「當市場對某個產品似懂非懂時，我該如何銷售這項產品？」「我該如何降低成本同時又擴大市占率？」）

二、誰曾經解決過這樣的問題？

三、他們是怎麼解決的？

四、我該如何將他們的解決方法應用在我的問題上？

我先前教你的方法都是立即可用的，但這次不同。在進行概念轉換之前，你可能需要先做一些功課。這是因爲你要借鏡的是不同領域裡的類似狀況，你想要師法別人的方法，來解決你的問題。而那些領域的東西，不是你光靠自己的腦袋想就可以知道的。當你研讀過相關資料後，就可以運用自由書寫，探索概念轉換的各種應用方法了。

‧重‧點‧複‧習‧

- ✓「假設」可以讓我們的生活運作得更順利。然而，有時候原本對我們有利的假設，可能會因為我們沒有意識到它的存在，或是錯用了，而成為我們的阻礙。
- ✓我們該如何察覺到自己的假設呢？運用自由書寫來探索某個情境裡的原則。
- ✓探索原則的方法有兩個：一、把問題中不熟悉的部分當成是自己熟知的；二、把問題中自己熟知的部分當成是不熟悉的。對這兩個情況進行推論，看看這麼做是否能推動問題的進展。
- ✓**試試看這麼做**：

針對一個自己無法突破的瓶頸，找到曾解決類似問題的某個人，對這個人或他所做過的事，進行十分鐘的自由書寫。在與你相關和無關的領域，各找一個例子來試試看。假如你將他們所使用的某些策略，應用在你的情況中，會產生什麼樣的結果？

祕訣十三

一百個點子比一個點子更容易取得

Getting a Hundred Ideas Is Easier Than Getting One

準備好了嗎？我要告訴你一個終生受用的建議：當你必須想出一個點子時，不要只想一個點子，因爲那樣的想法會害死你。我可以提出四個理由來支持這個說法：

一、當我們只要找一個點子時，我們往往希望找到的是最完美的點子。結果會怎麼樣？我們對每個點子吹毛求疵，用顯微鏡放大它的缺陷，剖析它的所有缺點。沒有幾個點子經得起這樣的檢視。

二、更糟的是，這種吹毛求疵的態度帶來了令人失望的結果，並因此破壞了我們發想創意的能力。受到挫折之後，我們會認爲自己永遠也找不到完美的點子。

三、於是我們變得急著想要交差了事，於是開始降低標準，接受任何找得到的點子。這種情況尤其會發生在腦力激盪時。忙碌的成員直到最後一刻才召開腦力激盪會議，他們縮短會議時間，加速討論的主題，內心感受到重重的壓力。於是，在心照不宣的情況下，第一個還算可以的點子就成了「最棒的點子」，然後整個腦力激盪就朝著這個方向發展。每個人提出來的意見都在迎合這個點子。現在，與會成員已經別無選擇；他們把所有的時間和精神都花在這個點子上，因此他們必須採用這個點子，不論它有沒有問題。

四、承認吧，有時候我們之所以採用自己想出來的第一個點子，只因爲我們懶得再多想。想出一個點子之後，我們就不必再絞盡腦汁、費力思考了，可以回到平時那種自動式、反射性、無意識的思考模式。

假如尋找單一點子是個很爛的策略，那麼什麼是比較好的策略？答案是：試著找出一百個點子，找出一堆點子遠比找出一個點子還要簡單。這怎麼可能？

請把這兩種方法想成兩種遊戲：「想出完美的點子」和「想出很多點子」。這兩種遊戲的目標與策略截然不同。前者類似鬥智的西洋棋，後者類似把一副撲克牌丟到地上，然後一張一張撿起來的無腦遊戲。

目標

「想出完美的點子」的目標是找到一個很棒的點子。而「想出很多點子」的目標是找出一大堆點子。兩者有很大的差別，不是嗎？

策略

在玩「想出完美的點子」的遊戲時，你必須創造與評斷同時進行。這就好像在開車時，同時踩著油門和剎車。而在玩「想出很多點子」的遊戲時，你完全不需要作好壞的判斷，點子愈多愈好。這就像是摘蘋果，你不需要每採一顆蘋果，就咬一口判斷它甜不甜。你只要想辦法以最快的速度摘下最多的蘋果，然後把蘋果放進籃子裡，工作就完成了。

顯然「想出很多點子」的遊戲容易玩，也容易贏。但是當你需要一個最棒的點子時，這種方法怎麼會比較好呢？答案很簡單。

你不可能憑空得到一個最棒的點子。你必須要有材料、要有一堆點子，才能加以衡量與評斷。假如你不把所有點子寫出來，或是拖拖拉拉不願配合，或是太早做出價值評斷，你就會沒有材料可用。

你必須平等看待每個思緒。每個思緒都有可能是你要的答案，或是與你要的答案有所關聯。正如威廉．史塔弗（William Stafford）所說的：「不論好壞，每個思緒都會帶出下一個思緒。」

要玩「想出很多點子」的遊戲，我們得先來看看，我所謂的「點子」，指的到底是什麼。

假設你經營一家古董傢俱店，而你想要打開傢俱店的知名度。你決定成立一個部落格。恭喜你，「成立一個部落格」就算是一個點子。就是這麼簡單，門檻就是這麼低。

你在部落格裡要放些什麼呢？

點子：店裡的產品展示。
點子：談論古董傢俱的文章，但不要過度提及你的店。
點子：談論十八世紀的傢俱，這正是你的專長。
點子：談論十九世紀的傢俱，這也是你的專長。
點子：結合你的兩項專長，談論二十世紀以前的傢俱。
點子：古董傢俱收藏家的生活風格，這表示你可以談論傢俱、藝術、美酒、娛樂、旅遊等諸如此類的東西。
點子：談論生活風格，並且設定在每個星期的某一天，固定談論某個主題，例如「藝術星期一」和「美酒星期五」等等。

我可以繼續寫下去，但是你應該懂我的意思了。要找到點子一點也不難。你應該把門檻降低，因爲一個點子會帶出下一個點子。點子愈多愈好。

在進行自由書寫時，不要問自己：「我能想出最棒的點子是什麼？」而是問自己：「我能想出的點子有哪些？」

當你想要解決一個問題時，不要問自己：「解決方法是什麼？」而是問：「我可以用哪些方法來解決這個問題？」

已故的唐諾・墨瑞（Donald Murray）曾經擔任《波士頓環球報》（*Boston Globe*）的寫作指導教練，他就深諳「多即是好」的道理。墨瑞告訴報社的記者，在構思一篇文章時，不要只寫一、兩個方向，而是先寫個五十到七十五個開頭，從中挑選一個接續寫下去。不要忘記，他說這番話的對象是截稿壓力極大的報社記者。

這些記者若要寫出五十到七十五個文章開頭，就必須從各個角度切入主題，快速而隨性地寫。某一段可能是以某一句經典名言作爲開頭，另一段可能提出了一個驚人的統計數字，還有一段可能平鋪直敘地詳細報導細節，又有一段可能是關於報導中兩位主角之間的對話，諸如此類。

這些記者可能會先花幾個小時的時間寫出這些可能的開頭，仔細研究過後，挑出一個來，延續這個開頭，著手寫下報導。

這種作法不僅不會浪費時間，反而可以節省時間，因爲當這些記者開始寫報導時，他們知道自己只是從一大堆點子中選出最好的來寫。

・重・點・複・習・

✓ 當你必須想出一個點子時，不要只想一個點子。當我們試圖尋找一個最好的點子時，往往會吹毛求疵，對結果感到失望，最後狗急跳牆，隨便找一個點子交差了事。

✓ 試著想出很多點子。把門檻放低，只要你願意，一個點子會帶出另一個點子，綿綿不絕。

✓ **試試看這麼做：**
在未來兩天，針對某個最令你掛心的問題，運用自由書寫找出一百個可能的解決方法。沒錯，一百個。你想出來的解決方法，有些可能很普通，有些則異想天開，還有些可能很愚蠢。

「祕訣十四」學習愛上說謊

Learn to Love Lying

假如你像我一樣老實，那麼你可能會發現，要學習接下來這個技巧是一件很困難的事，因爲它違背了我們從小到大所受的教養，以及我們做人處世的原則。這個技巧就是說謊。

你必須學習愛上說謊。請容我解釋一下。

阻礙我們解決問題的原因之一，是很多事情似乎處於一個封閉的情境中。參與者、理念、衝突、過去的歷史與目標等等都難以改變，沒有選擇的餘地。

然而，如此僵硬死板的情況往往只是假象。人、事、物是會改變的。你所處的情境之外，還有更大的情境，永遠都有轉圜的餘地。

假如你能將自己從原本認定的刻板情境中釋放出來，採取不同的觀點，你一定可以找到出路。

要採取一個不同的觀點來看待看似僵硬不變的情境，其中一個方法就是說謊。

要對誰說謊呢？對你自己。當你在進行自由書寫時，你可以對自己施展一個小小的魔法，幫助自己逃出封閉的情境，並藉此拓展視野。一個謊言會引發一連串的連鎖反應，推動你的思緒向前邁進。

假設你是一位電腦顧問，正面臨了一個難題：你無法既要服務好現有的客戶，同時又能夠開發新的客戶。你為了這個問題進行了三個晚上的自由書寫，你把一大堆事實與選項丟進你的書寫中。你覺得自己對情況有比較清楚的認識了，但是對於解決方法仍然毫無頭緒。

不過，你覺得有一件事情很重要：現有的客戶非常高興你總是免費為他們加班，他們將你那些不收費的超時工作，視為雇用你的「附加價值」。

你可以將這個事實稍加扭曲，進行一個小小的實驗。你要對自己撒一個謊。假設你不但不再免費為客戶加班，還要向他們收費。不是隨隨便便收一點錢，而是一大筆錢，是你正常工資的兩倍、三倍、四倍，甚至一千倍。

正常工時收費的一千倍：這個點子聽起來很棒。

現在，順著這個謊言走。由於你的虛擬加班費變成了天價，那麼情境中的所有事物會產生什麼樣的變化？尤其是與開發新客戶有關的部分。

首先，你的客戶會比從前更加珍惜你的正常工作時間。由於你的加班費是天價，所以他們會把支援性的工作先完成，等待你運用專業來完成你負責的部分，因爲他們不希望你超時工作。而既然你不再需要花費額外的時間在現有的工作上，下班後的時間就可以用來規畫與執行你的客戶開發計畫。

當然，就算你必須加班，你的加班費也高到足以讓你不必顧慮開發新客戶的事，至少在短期之內不必爲此擔憂。

驚人的加班費還可能帶來什麼樣的結果？

公司可能會認爲你的工作能力具有更高的價值，因爲他們付給你的薪水大幅提高了。

公司會開始給你大筆的獎金，因爲他們不希望你跳槽到競爭對手那裡。知名的財經雜誌與電視節目會大幅報導你成功的故事。此時，你完全不需要思考開發新客戶的事，因爲你必須忙著婉拒無數家知名企業聘請你爲顧問的邀約。

然後，你可以降低你的正常工時收費了，因爲你的加班費和獎金已經讓你變成了一個富豪。

或者，你可以採取相反的方法：提高你的正常工時收費，降低你的加班費；或者，你可以把兩者都降低以節稅；或者，你可能變成國寶級的人物；又或者，你可以要求以鈽元素（plutonium）作爲報酬……

當你在探索這些荒謬但有趣的情節時，你的心情會跟著愉快起來，原本阻塞的思緒也變得暢通無阻，不再受到現實的重重限制了。

當然，在某種意義上，這種書寫看似浪費時間，因爲上述的幻想情節不太可能會發生。然而，就另一個實際的觀點來說，你爲自己爭取到了更多的時間，因爲你創造出了很多原始素材，讓你可以從中取材，構思出可行的解決方法。

假如你所處的情境有某個元素是：

- 小型的，那麼就把它想成非常微小或是極爲巨大。
- 高大的，那麼就把它想成六層樓高或是地下兩層那麼低。
- 紅色的，那麼就把它想成黑色或是漩渦紋。
- 時間緊迫的，那麼就把它想成超過期限或是還有五十年的時間可用。
- 重要的，那麼就把它想成極爲關鍵或是非常普通。
- 纖細的，那麼就把它想成極爲瘦弱或是肥胖。

- 聰明的，那麼就把它想成天才或是蠢蛋。
- 絲絨的，那麼就把它想成玫瑰花瓣般細滑或是帆布般粗糙。
- 花錢的，那麼就把它想成投資或是破產。
- 大聲的，那麼就把它想成喇叭巨響或是輕聲低語。
- 令人討厭的，那麼就把它想成令人無法忍受或是天上掉下來的禮物。
- 不正常的，那麼就把它想成詭異的或是自然的。
- 擁擠的，那麼就把它想成爆滿的或是空的。
- 滑稽的，那麼就把它想成令人捧腹大笑或是事態嚴重。
- 濕的，那麼就把它想成濕答答的或是像沙漠般乾燥。

請記住，你永遠可以從謊言回歸到眞實的狀況。然而，假如你沒有刻意利用謊言來啓動幻想的情節，那麼你可能永遠也不會意識到，近在眼前的許多事物其實具有無窮的可能性。

‧重‧點‧複‧習‧

✓在「務實」的表面之下，我們時常過度設限。擺脫這個束縛的方法之一，就是在自由書寫時刻意說謊，測試其他的可能狀況或方法。

✓進行說謊的遊戲時，你可以隨意在情境中挑選某個元素作為目標，幻想各種可能的情節，直到現實被徹底扭曲為止。接著從書寫出來的各種可能狀況中，過濾出值得參考的點子。

✓**試試看這麼做：**

找出過去兩個星期裡你看到最有趣的一件事，針對它進行十分鐘的自由書寫，特別留意書寫中奇怪的部分。跟隨這個部分，加以誇大，最後檢視你書寫的其他部分是否也隨之改變。

【祕訣十五】進行紙上對話

Hold a Paper Conversation

我：我最近的問題是，當我遇到來自潛在客户的壓力時，往往會覺得很挫折。這份工作我已經做了這麼多年，而且也幫我的客户賺了很多錢，我以爲每個人都應該完全信任我，知道跟我合作能帶來的龐大價值。我知道我不該有這種感覺，可是這種感覺就是存在。

大衛：其實這種感覺並沒有什麼不對，理由有兩個。第一，你可以從過去的經驗知道，感覺是自然發生的，有時候甚至毫無跡象可循，因此你不需要爲了某些感覺而感到不安。第二，假如你過去多年來眞的曾經幫助過很多客户，那麼那些潛在客户將來也很可能會從和你合作的關係中獲益，只是他們現在還沒有意識到這一點而已。我看到的唯一問題是，當你和客户互動時，你讓這些感覺影響了你的行爲。例如，你用不好的語氣和他們說話，或是沒有兑現你的承諾。

我：對，這是個很好的觀點。

大衛：是的，一個很實際的觀點。

我：我來釐清一下，看看我的理解對不對：只要我還想要開發新客户，我就一定會遇到不認識我的人，或是沒聽說過我的人。因此，我的工作就是要接受自己的種種感覺，努力透過自己的一言一行，讓客户們了解，他們爲什麼應該和我合作。

大衛：沒錯。

這段與知名的日本禪宗療法大師大衛．雷諾斯（David Reynolds）的對話，讓我獲益良多。在這段對話中，雷諾斯提醒我，做自己能力所及的事，放下自己無力控制的部分。但是，關於這段對話，還有另一件事是你應該知道的：這段對話並沒有眞的發生。

雷諾斯這個人當然存在，而且我確實曾經與他對話多次，並且從中得到很大的啓發。但是，上述的對話是我在自由書寫時，自己憑空揑造出來的。我在工作上面臨了一個問題，需要好好思考，而我認爲，我筆下的雷諾斯可以幫助我，從具有建設性的觀點來檢視我的問題。同樣地，我也可以召喚蘋果電腦執行長史提夫．賈伯斯（Steve Jobs）、美國女權運動倡導者蘇珊・安東尼（Susan B. Anthony），或是我家附近的雜貨店老闆來到我的筆下，聽取他們的建言。自由書寫的舞台無限寬廣，我可以隨心所欲地挑選任何人，輕鬆與他進行對話。利用自由書寫與他人進行對話，是一種想像力的遊戲。除非我實際與雷諾斯交談，否則我永遠也無法確知，他會如何回答我的問題。然而，重要的是，這種間接、來自不同觀點的對話，可以讓進行自由書寫的人受益良多。

這裡還有一個例子。商業書寫顧問琳恩・基尼（Lynn Kearney）告訴我，她教過的一位企業主管，曾經在自由書寫時利用想像式對話，想出了幫公司員工大幅加薪的方法。

她說，這位主管在要對董事會提出加薪報告之前的數週，就開始在一個筆記本裡進行想像式的對話。到了真正要向董事會報告時，他已經能夠輕鬆地回應董事會成員所提出的每個反對意見。他信心滿滿地走進會議室大門，然後帶著給員工的大紅包，滿載而歸。

進行紙上對話可以幫助你演練如何面對棘手的狀況，整理出你已經知道的事，並與任何你想要的人物一同探討某個主題。

進行紙上對話具有類似和酒保聊天的效果：你找到了一個傾聽你說話的對象，

向他分析自己的想法與處境；即使酒保的唯一貢獻，只是把杯墊放在你的酒杯下，然後給你一張紙巾。那麼，你該和誰聊天呢？和各種不同的人進行天馬行空式的對話，可以幫助你打破常規：

- 和老是找你麻煩的同事進行紙上對話，找出他之所以如此討人厭的原因。
- 針對你正在進行的計畫，和有成功經驗的同事進行紙上對話，找出他順利完成計畫的原因。
- 找一個觀點與你大異其趣的人，與他討論長期以來一直令你在意的問題。試著了解他的立場，設想他提出來的觀點，然後加以推翻。
- 與一個假想出來的人物對話，這個人綜合了多位眞實人物的想法與行為。
- 和未來的自己對談。
- 把自己從對話中排除，進行兩個人的對話，例如：老子和某個傻瓜、你的會計和歐普拉、比爾．蓋茲和一隻會說話的狗。

雖然進行想像式對話可以讓你獲益良多，卻不容易做到。多年來，我曾讀過不少自我成長的書籍，這些書的作者鼓勵我們成立一個自己專屬的心靈導師董事會，成員包括了多位正直且有智慧的人物。這個練習的重點在於讓我們與自己崇拜的人物對談，儘管這場對話只是我們想像出來的。

然而，當我安排好想像中的林肯就坐後，往往就想不出還要邀請誰加入這個董事會了。

於是，我與這位美國前總統面對面坐在那裡，但是我提不起勇氣把工作和生活上那些微不足道的小問題拿出來煩他。即使我好不容易鼓起勇氣提出了問題，他的答覆聽起來也像是我自己想出來的，而不像是他的想法。

事實上，每當我看到有哪本書要我和假想的精神導師對話，或是在書本的引導下，從某個人、某種動物或是某個虛幻人物的口中，得到具體的解答，我就會把這本浪費時間的書丟給我的狗，讓牠開心地把它咬成碎片。既然如此，是什麼原因讓我改變想法，這會兒竟然樂於從想像式的對話中獲益？答案是：根據我進行自由書寫的經驗。

在進行自由書寫時，我意識到那些充滿善意、要我與想像中的先知進行對話的作者，其實言之有理，但是他們忽略了實際執行時可能發生的幾個重要問題：

●他們要我想出我要問的問題，而不是用紙筆寫下來。結果，我的思緒常會在思考的途中偏離正題，一去不復返。

●他們要我與充滿智慧的人物進行對話，這樣反而讓我嚇得想像力盡失。事實上，我想像不出這位睿智的人物會說出什麼充滿智慧的見解，而這點令我感到失望，並且產生罪惡感。

●他們要我用抽象的方式與精神導師對話，而不是先將這位導師化為一個有血有肉的人。於是，我必須與抽象的人物進行抽象的對話，結果當然得不到什麼具體的解答。

●他們眞正的目的不是要我與想像的精神導師對話，而是要我傾聽他們（作者）想說的大道理。這種態度讓我對這個練習變得不是那麼感興趣。

透過自由書寫，我找到了讓這個練習發揮作用的好方法。換句話說，對於該如何與想像中的紙上導師進行對話，我找出了兩個指導原則：

原則一：在想像的人物開口說話之前，先讓他們成爲有血有肉的人。

原則二：讓想像的人物迫使你開口說話。

在想像的人物開口說話之前，先讓他們成為有血有肉的人

我先前曾經提到，我非常不擅於思考抽象的概念。在讀書的時候，高等數學這種科目總是弄得我暈頭轉向，因爲那些概念一點也不具體。（「老師，請把函數拿給我看，教室裡哪裡可以看得到它？」）對我來說，假想的人物也是如此。假如要和某個人進行對話，我必須要看到這個人，知道他做過什麼事。

假如我要你與林肯進行一段想像式的對話，你大概會支支吾吾地扯一些和自由人權有關的話。假如我要你先對林肯這個人進行兩分鐘的自由書寫，你可能會對他產生比較具體的畫面。例如，你也許會想到美國的內戰和蓋茲堡演說。然而，假如我要你對林肯這個人深入書寫十五分鐘，具體描述他的長相，並思考他的處境，你書寫出來的內容可能又大不相同了。

突然間，你想像出他的黑色長外套、高高的額頭、濃密的鬍鬚，聽得到他那又高又尖的聲音，並且聞得到他身上由於騎馬所沾染的動物氣味。你可能會問他美國內戰的事、問他美國人爲何要自相殘殺。

假如你的思緒飄離主題，而你順著思緒走，你也許會想起小時候到華盛頓特區去玩的情景，你在那裡看到了林肯紀念館。然後你告訴他，你的這趟旅遊經歷，並

且詢問他，他對於自己的紀念館以及美國的現況有什麼看法。不論這段對話往哪個方向發展，我很確定你一定會覺得自己對林肯有比較深入的了解，至少不再僅只於五元美鈔上的肖像而已。

這個時候，你應該比較能夠把自己的問題拿出來問他（這個形象比較具體的林肯），期待與他進行一段突破性的有趣對話。

你應該在這段自由書寫的對話中，一方面扮演與林肯面對面的你，一方面扮演林肯，想像出他可能會有的想法與行爲。

這種角色扮演的練習其實並不罕見。許多小說家會爲他們筆下的人物，創造出一套完整的個人檔案。雖然這些細節不會出現在小說中，但是這些作家並不認爲創造出這些細節是在浪費時間，因爲當他們愈了解筆下的人物時，就愈能夠寫出有趣的人物與情節。

角色扮演要進行得多深入？反正這只是你的想像，所以你可以隨心所欲地進行。假如你知道這位人物的某些慣用語或是習性，那麼就讓他盡量發揮吧。假如他喜歡說「嗯」，你就讓他在紙上說個夠。假如他興奮時會拍手，那麼就期待聽到他的拍手聲吧。

還有，你們的對話該在何處進行？透過電話？面對面？還是你正在和林肯吃晚餐？都可以。對了，他吃的是什麼？（「總統先生，你要來杯礦泉水嗎？」）你正在和他散步嗎？很好，周遭的風景如何？（「總統先生，那是機場。」）先試著和這位人物在他平常出現的地方對話（待在白宮的林肯），然後再把他放到絕對和他扯不上關係的地方（坐在雲霄飛車上的林肯）。你可以和這位人物進行多次紙上對話，留意他在什麼樣的情境下，可以提供你最好的建議。

讓想像的人物迫使你開口說話

假如上述天馬行空式的幻想令你感到不自在，那麼接下來這項原則應該可以讓你安心一點。你仍然要和一個想像中的朋友進行想像式的對話，但你很清楚這只是一個想像的練習。歸根究柢，進行紙上對話只是一個假想的遊戲。它只是一種透過某個人（顧問、太空人或是舞者）的觀點，幫助你檢視自己現況的方法。不論你從對話中得到什麼驚人的忠告，它都來自你的腦袋。假想的部分只是爲了要幫助你從腦袋中擷取出最棒的東西。因此，這個「讓想像的人物迫使你開口說話」原則，主要是讓你發揮既有的智慧，你想像出來的同伴只是你的聽眾而已。

換句話說，你仍然要進行「原則一」中提到的角色建構書寫，但是當你對於對話夥伴的形象有清楚的掌握後，就讓自己成爲主要的說話者。你的同伴只是發揮類似紙上蘇格拉底的功能，幫助你從自己的口中得到新的見解。

・重・點・複・習・

✓當你在進行紙上對話時，你與某個人展開一段假想的對話，並透過他的觀點看清自己的處境。

✓要進行有效的紙上對話，你得遵循兩項原則：一、讓假想的人物成為有血有肉的人，讓他們栩栩如生地出現在你面前；二、讓想像的人物迫使你開口說話，對於想像人物提出的開放式問題以及簡短回應，你要充分的回答與解釋。

✓**試試看這麼做：**

針對自己想要深入思索的新機會（調到新部門、研發新產品、寫一本書），與一位假想的對象進行十分鐘的紙上對話。

現在，從上述對話中挑出某個有趣的觀點，以這個觀點為出發點，和另一位假想對象進行十分鐘的紙上對話。

以此類推，至少再進行兩次「找出重點、想像新的談話對象、進行十分鐘的對話」的流程。

[祕訣十六] 將問題付諸紙上作業

Drop Your Mind on Paper

請將自由書寫想成一套環環相扣的元件。

第一天，花三十分鐘的時間，把你對於某個主題所知道的一切全都寫在紙上，然後不再去看它。

第二天，把第一天寫的東西看過一遍，以它爲基礎，進行十分鐘的自由書寫，把最佳與最糟的情境假設寫出來。

第三天，用累積到目前爲止的想法進行十五分鐘的自由書寫，讓筆下的題材找到新方向。

如果你對成果並不滿意，可以採取其他的方法，也許進行一段二十分鐘的「詞彙解析」和二十分鐘的「紙上對話」。

啊，這樣好多了。在你隨手拋擲在紙上的思緒片段中，你找出了幾個值得進一步探索的好點子。然而，基於某些理由，你在接下來的三天都沒有再寫任何東西。

然後，靈光乍現的一刻出現了。當你坐在辦公室的座位上，打出去的電話被轉到插撥等候的狀態，於是你一邊等、一邊聽著披頭四的歌，突然間靈光一閃。你趕緊隨手抓起一枝筆和一個皺巴巴的信封，花了四十秒把某個可行的解決方案寫下來——這個解決方案推翻了你先前想出來的所有點子，但它是那些點子孕育而來的。

在現實中，自由書寫就是這樣運作的：看似毫無章法，卻極有成效。不過有些人所進行的自由書寫非常規律，而且有章法，他們遵循一套有系統的步驟，規律地進行書寫，藉此開發出新點子。

假如你覺得這種方法聽起來很有吸引力，那麼請你拿出你的計時器和紙筆，因爲我們即將要用極有科學效率的方法，來破解你的問題。

好，把計時器設定在，嗯，二十分鐘好了，然後開始倒數計時。你要把腦海中浮現的所有念頭都寫在紙上。換句話說，你要在紙上（或是運用電腦）對自己說話，從「輕鬆試」的原則開始，一路進行下去，直到你找到你最想寫或是最困擾你的主題。

不要管你寫出來的句子是否有趣。你的想法也不需要有任何順序。不要擔心文法是否正確，就算錯字百出，也不必在意。

請向你自己解釋，你為何會寫出這樣的東西。你說話的方式，要像是正在和關心你的好朋友說話一樣。

也許你會寫出像這樣的東西：

我坐在這裡，像個傻瓜一樣敲打電腦鍵盤，因為我已經想不出任何方法，可以從聯合滑輪公司拿到更多的訂單了。他們以前是我最好的客户，但是自從他們的採購主管換成艾美之後，他們就連電話都不回我了。

或者是：

我答應馬克要嘗試這種自由書寫的方法，但是這個方法好像有點愚蠢。好吧，既然我已經答應他了，那我就來說說看，讓我有點搞不清楚的那個問題好了⋯⋯

假如你內心很抗拒寫下自己的問題，或是抗拒這種書寫方式，那麼就寫寫你的感受。也許你想要罵人，也許你想要用有邏輯的方式和自己說話，不論是什麼，你都可以用你喜歡的角度來切入。如此書寫個五分鐘，或是更長的時間，把實際狀況和你的反應以最快的速度寫下來。假如你突然發現自己無話可說，那麼就在紙上把自己無話可說的情況照實寫出來。（「嗯，我還想說什麼呢？我該說的話都說完了嗎？這是不可能的，因為這個問題一直讓我很苦惱，我一定還有其他的話想說。我到底還想說什麼？哦，對了……」）即使你把已經寫過的東西再說一次，也沒有關係。不過，最後你總要把思緒帶回令你困擾的問題上。

現在，快速瀏覽一遍自己剛才寫的東西，然後開始書寫在你提及的問題中較順利的部分。在你所書寫的情況中，有哪個部分是你喜歡的？有誰以行動支持你？你所做的是明智的決定嗎？眼前這個瓶頸應該只是暫時性的，在經歷這個問題的同時，你是否因此增強了一些能力？精確地說，你的想法、行為與自由書寫，究竟有哪些地方是對你有益的？

針對上述的問題，持續進行幾分鐘隨興且不停頓的書寫。你之所以回答這些問題，是為了要從不同的角度檢視自己的狀況，而不是為了要進行正向思考。

好了，現在你已經把自己的狀況寫在紙上，而且簡短地檢視過較好的部分。接下來，你書寫的主題要放在自己搞砸的部分。假如你需要花一點時間看看自己剛才寫的東西，那就做吧，但是不要陷入作白日夢或是重寫的情況，而是要和自己討論，你究竟哪裡做錯了，才會導致這樣的問題。

也許你所做的事是根據錯誤的假設，也許你沒有兌現你對自己或是他人的承諾。你在一開始書寫的時候，應該多多少少提過這個部分了。假如情況是如此，很好。很快地將這個情況再提過一遍，然後針對你搞砸的其他可能原因，繼續書寫四到五分鐘。

此時，你的紙上應該密密麻麻的，寫滿了許多理性與感性的因素，正是這些因素導致了你的現況。當你把想法寫出來的時候，同時也可能走上解決之路。有時候，僅僅是把想法與事實寫出來，就足以激發你產生具有建設性的解決方法，因爲當它們停留在你的腦中時，只是一些模糊的概念。

假如你的情況不是如此，那麼就問你自己一個問題：「還有哪些和這個情況類似的問題？」請回想你過去的經驗、別人的經驗，或是你看過的故事情節中，是否曾出現類似的情況。（「這個情況令我聯想到電影《終極警探》中，布魯斯威利把電腦丟進電梯的那一幕。」）

這種漫無邊際的記憶搜尋，聽起來也許很奇怪，但是許多認知科學家，例如知名的羅傑・尚克（Roger Schank）認爲，它正是創造性思考的關鍵。你也可以從大自然、科學或是藝術中找到作爲比喻的意象。（「我老是重複同樣的行爲模式，有點像是鳥兒總是會回到同一個地方築巢。牠們為何會如此？而我又可以從牠們身上學到什麼？」）

請記住，你不是在找尋完美的解答，你只是在紙上寫滿可能的答案而已。假如眼前的狀況讓你聯想到五段過去的回憶，就算它們彼此可能互相衝突，也請你把它們通通寫下來。例如，假設你是一個想要尋找工作機會的新手顧問，你沒有（太多）擔任顧問的經驗，但是你有其他方面的工作經驗。從那些經驗中，找尋與你的現況類似的情況，將它們很快地寫下來。

假如你所想到的記憶與工作無關（「這讓我聯想到，我在高中製作畢業紀念冊的情況」），也不要有任何顧慮，儘管把它寫出來。請放心去追隨那些看似愚蠢與離題的東西，因為它有可能會引導你走到重要的地方。

接下來，即使你必須勉強自己，也請你試著作出結論。根據你過去二十分鐘所想與所寫的內容，你接下來該怎麼做？

現在，你也許更能夠看清楚問題的癥結所在，而且你發現自己沒有解決問題的能力。然而，你知道某位同事具備了這種技能。你要用什麼方式和這位同事談談，好尋求他的幫助？你要在什麼時機點去找他比較好？你要如何知道這項工作是否順利完成？假如事情進行得不順利，你接下來該怎麼做？

請記住，你只是在找出下一步，一個可能的解決方法，一個可以嘗試的東西。當然，假如你多進行幾次自由書寫，也許可以幫你找到新的觀點，然後透過這個新觀點，找出解決問題的好方法。然而，最好的作法還是採取實際的行動（不論這個行動是多麼微不足道），將行動的結果寫進下一次的自由書寫中。

這種書寫很像是一套科學的方法。你要：

一、觀察
二、假設
三、實驗
四、記錄結果
五、提問：「接下來該做什麼？」

在計時器鈴聲響起之前，不要停止書寫。（除非是身體不適，否則絕對不要提早結束書寫！）

・重・點・複・習・

✓每次進行自由書寫時，嘗試設定不同的時間長度與採用的書寫技巧。

✓假如你對於自己的問題或是書寫的方式有任何抗拒，在紙上據實寫出來。（「我實在不想這樣做。」）

✓把情況的細節寫在紙上，這個動作本身就可能會引導解決方法的出現。

✓用前一次書寫的某些內容，展開下一次的書寫。

✓根據書寫的內容，在自由書寫結束前，告訴自己接下來該採取什麼行動。即使你的結論是：「明天再針對這個主題繼續書寫。」

✓**試試看這麼做：**

針對「你在工作上做對了什麼」，以及「你在工作上做錯了什麼」，進行二十分鐘的自由書寫。在書寫時，不斷回想與你的現況類似的情況。

【祕訣十七】書寫馬拉松

The Writing Marathon

十分鐘的自由書寫，也許就足以讓你找到解決問題的方法。然而，有很多時候，你需要更長時間的自由書寫，不是十分鐘，而是六、七個小時。

對，我不是在開玩笑，持續好幾個小時的自由書寫。

長時間連續書寫的缺點是：結束時，你會覺得腰痠背痛、頭昏眼花。優點是：透過書寫，你可能會找到一輩子遍尋不著的解答。

由於身心都必須為此付出代價，所以我只有在迫不得已時，才會使用這個方法——通常是當我要尋找寫書的題材、為客戶的公司找出競爭優勢，或是準備一個魔術表演時，而且只有在有截稿壓力的情況下才會進行。

書寫馬拉松的進行方式是：在腦中想著某個主題，打開一個空白的文字檔，把計時器設定為二十分鐘，然後開始打字。

雖然你要連續書寫好幾個小時，但你不能慢慢來。因為慢慢寫會產生反效果。

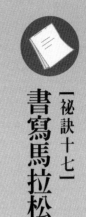

保持快速書寫，讓你的內在編輯無法監督你的書寫內容。雷・布萊伯利曾說：「快速則見眞相。」

二十分鐘過後，當計時器響起，你就要停下來。這不是休息時間，你要把剛才寫的東西看過一遍，尋找其中是否有特別引起你注意的文字或概念。假如你覺得某一行字非常有意思，也許它說出了一番道理，或是蘊含了某個你想延伸思考的概念，那麼就將它畫上底線。假如你認爲某一行文字道出了精闢的見解，就把它標示成粗體字。

請注意：不要過度使用底線或粗體字的標示，否則重點將難以突顯出來。只要把你想要回頭再思考的文字或概念標示起來就好。

當你做完注解後，再看一遍全文。爲何要如此？因爲你要找出接下來要深入探討的主題。

- 是否有任何概念是你想要繼續探究的？
- 是否有任何概念需要進一步的釐清？
- 你是否想探討某些概念之間的關係？
- 你是否找出了某個思考謬誤，而這個思考謬誤是當你將思緒化爲文字後才看到的？

● 是否有任何你覺得值得進一步探索的問題？

你要尋找的，是某個可以作爲思考起點的概念，也就是艾波所謂的「重心」。這個概念不需要具有深度，只要能引發你想寫的衝動就行了；一個能吸引你，讓你開心或是讓你心煩的概念。

我來舉例說明，如何運用起始概念。

假設你想要爲你所從事的管理顧問事業，找出競爭優勢。在頭二十分鐘，你針對你所提供的服務以及聘請你爲顧問的企業，進行書寫。

當你回顧剛才寫的內容時，你發現雖然多年來你受聘提供多種服務，但是你最喜愛的四個客戶都請你做同樣的事：團體諮商。這個發現很有趣，你以前從來沒有注意到這件事。

在接下來的二十分鐘，你的起始概念可以是：

「我所進行的團體諮商有何特別之處，讓我最喜歡的客户如此欣賞？」

「我該如何讓團體諮商成爲我事業的一大特色？」

「除了團體諮商之外，我最喜歡的四個客戶還具有什麼共通點？我該如何運用這個共通點，來吸引其他的好客戶？」

「假如我讓團體諮商成爲事業的重心，我必須放棄什麼東西？」

上述的例子都是以問句的方式呈現。其實，起始概念也可以用宣示性的敘述來呈現：「我想要探討將團體諮商變成事業重心的所有方法。」

當你找出起始概念後，讓腦子專注於這個概念，設定二十分鐘的時間，從這樣的概念開始進行書寫。

請跟著你的思緒走。假如你想要脫離主題，那就盡情離題地書寫吧。就算是出言不遜、挑釁，甚至是漫罵也沒有關係。只要記得最後要回到你想探討的問題就好。

當二十分鐘的時間到了，計時器響起，你就要馬上停下來。把你剛才寫的東西看過一遍，將吸引你注意的句子加上底線或粗體標示。重新找一個起始概念，重複同樣的步驟。

我所謂的書寫馬拉松，就是這樣進行的。進行二十分鐘的自由書寫，從中尋找起始概念，然後再次展開書寫。不斷重複進行，直到你再也無法進行下去爲止。原則上，連續書寫兩個小時可以達到不錯的效果，但最好是連續進行六到七個小時。為什麼要這麼長的時間呢？

因爲你希望讓腦袋清一清，讓大腦能夠深入挖掘各種事實、見解、人物、故事、場景、細節與點子。透過書寫馬拉松，你可以讓平時難以避免的慣性思考被迫停擺，如此一來大腦就可以向深處挖掘，挖出你想要的東西。

書寫馬拉松有一個重點，也就是美國詩人龐德（**Ezra Pound**）大聲疾呼的：「要有新鮮感。」每當你書寫起始概念句時，切記要往新的方向發展。這一點至關重要。你不需要重複已經寫過的東西，只要點選「儲存檔案」的功能，你寫的東西就會永久保存下來，那爲何還要再重寫一次呢？

你希望得到新的東西。強迫自己踏進從未去過的領域，即使必須刻意爲之，而且會因此感到不自在，你都該這麼做。追求新鮮與不確定的東西，朝向令你焦慮不安的地方前進。強迫自己針對平常不會涉足的領域進行書寫與思考，不要寫你已經知道的東西。誠如榮恩．卡爾森（**Ron Carlson**）所說：「得到你所期待的東西，這樣是不夠的。」

當書寫馬拉松接近尾聲時，應該有很多個解決方案等著你去嘗試，以及大量的書寫內容，可供你從中擷取隻字片語或某些概念，作爲你思考其他問題的幫手。

假如你還想學習關於書寫馬拉松的更多技巧，請參考艾波的《魅力寫作》裡的內容。艾波提出了許多很棒的觀念與見解，教導我們如何進一步擺脫平常慣用的思考模式，藉此得到豐碩的成果。

・重・點・複・習・

✓ 短時間的自由書寫可以幫助你找到問題的解答。但是，假如你想要得到前所未見的創新點子，就要考慮連續進行多次自由書寫，持續好幾個小時。

✓ 每次書寫都要朝著新的方向發展，即使你必須強迫自己，而且覺得很不習慣。

✓ **試試看這麼做：**

撥出早上的部分時間，針對你非常想要探索的主題，進行二至三小時的連續自由書寫。在進行書寫時，不要接電話或回覆電子郵件。

【祕訣十八】自我質疑

Doubt Yourself

有一個顧問朋友告訴我，我得了一種「點子興奮症」。也就是說，只要一聽到有趣的好點子，我就會興奮得不得了，身體跟著出現種種「症狀」。假如你偷瞄我在書房工作的樣子，你會發現我坐在搖椅裡搖個不停，不時用手猛拍大腿，興奮地喃喃自語——這些都是我遇到特別令人開心的點子時的反應。

這本書寫到現在，我從不約束我的點子興奮症，放手讓想法在紙上奔馳，向你訴說自由書寫的種種奇妙之處。是的，我曾告訴過你，假如你養成自由書寫的習慣，你可以從中得到種種好處，包括工作上的精進與個人生活上的滿足。然而，當我熱切地與你分享自由書寫的好處時，我可能會讓你誤以爲，自由書寫就像是與美妙的點子熱情共舞一樣。倘若我帶給了你這樣的幻想，我在此向你致歉。

眞相是：你在自由書寫時可能會寫出最棒的點子，但也可能寫出了最糟的東西。除了糟糕的思緒會出現在書寫的內容裡，你那些徒勞無功的行爲也會不時現身，令你沮喪地把頭埋進顫抖的雙手裡。

簡言之，你的書寫內容會一再提醒你，你並不如你所想的那樣聰明又有能力。（你應該很高興自己買了這本書吧？）事實上，你會發現自己的身體與心靈，慢慢開始對自己的言行感到厭倦。

不過，請等一下，我有個好消息要告訴你！那些令你備感消沉的書寫內容，其實正蘊藏著希望，這是個令人又愛又恨的矛盾事實。當你看著出自你手中的那些枯燥、毫無生氣的書寫內容時，你可能同時會遇見促使自己改變的契機。

透過單調又令人厭惡的事物來促成自我改變，這種奇妙的現象最早出現在我與英國詩人大衛．懷特（David Whyte）的訪談紀錄中，除了詩人的身分，懷特同時也是一位企業演講名師。

只要聆聽懷特朗誦一小段詩句，你可能就會重新評價自己的人生，懷特就是這樣的一個詩人。然而，即使擁有如此優秀的能力，也不足以讓各大企業爭相邀請一位詩人到公司演講。但是，懷特就是具有這種魔力。他的電話一年到頭響個不停，因爲有許多跨國大企業都想要請他利用詩句的力量，激發員工與市場的改變。

當懷特站上講台時，他想要達成兩個目的：一、引發人們對詩的興趣；二、激發人們透過詩文，以企業爲核心，開始進行有意義的討論。

假設懷特受邀到X公司，他與X公司的主管討論一些重要的問題，包括爲何公司內部多次反覆討論，仍然無法解決問題。

然後，懷特會根據這些主管告訴他的情況，當眾朗誦一些詩句，包括義大利詩人但丁、英國詩人柯立芝（Coleridge）、美國詩人威廉・卡洛斯・威廉斯（William Carlos Williams）以及其他詩人的作品，這些詩人的作品早已銘刻在他的記憶中，因此他可以信手拈來，隨口朗誦。接著，他會引導所有人透過詩句中的隱喻，針對公司所面臨的瓶頸，進行熱烈的討論。於是，員工的紀律問題可以透過《貝武夫》（*Beowulf*）的生動意象點出，而未開發市場的商機，則可以在充滿海洋象徵的《古舟子詠》（*The Rime of the Ancient Mariner*）中找到答案。

突然間，X公司的人以從未設想過的方式，討論起公司的問題，並得到深入的見解，最後將這些見解轉化爲可行的解決方案。對於人們如此的反應，懷特說：「當人們找到語言來談論更高層次的事物時，會變得非常興奮，因爲他們現在可以踏入從未涉足的領域了。」

在某種意義上，懷特透過已故詩人的智慧，在商業世界爲這群二十一世紀的企業人士，創造出一種充滿無限可能性的氛圍。他深知，當人們擺脫慣用的語言，開始以不同的方式說話時，即使是最複雜的全球性問題，也可以得到解決。

我爲什麼要對你說這些？

懷特除了親身體驗到，新奇的語言與意象可以激發人們產生新的觀點之外，他還意識到，刺激人們去改變的傳統動機，並不一定能有效促使改變的發生。這個道理是在我與懷特進行訪談時，他告訴我的題外話：

我：你熱愛像柯立芝之類的許多詩人，但是你也可以發出屬於自己的聲音。你是如何讓自己不受前人詩文的干擾，維持自己獨特的寫作風格？

懷特：從模仿開始做起。一開始你完全不知道該怎麼寫詩。那些詩人寫出了不朽的傑作，所以你先模仿你喜歡的詩，寫出類似泰德．休斯（Ted Hughes）或薛莫斯．奚尼（Seamus Heaney）或是里爾克（Rilke）的作品，並沒有什麼不好。你一邊寫、一邊慢慢找出屬於自己的聲音。最後，你會發現自己寫的東西已經不像里爾克或奚尼的作品了，套句瑪麗．奧利佛（Mary Oliver）的說法：你「慢慢地找到了自己的聲音」。

事實上，要找到屬於自己的聲音，有一種廣爲人知的作法：模仿他人，直到你厭倦模仿爲止。

許多關於寫詩的原則，歸根究柢就是要「對自己感到厭倦」，而我對這個道理深信不疑。因為當你對自己感到厭倦時，你就會想要改變自己。我的意思是，即使你陷入泥沼，假如你能據實描述自己被困住的狀態，那麼你就會意識到，你不能再繼續這樣下去了。因此，你只要據實說出或寫出自己被困住的狀態，或是自己孤立無援的狀況，就可以為自己打開一扇通往自由的大門。

懷特說的話對我來說振聾發聵。「厭倦」、「困住」和「孤立無援」並不是一般企業在激勵員工時，會使用的字眼，但是懷特選擇了這些詞彙。這些詞彙如此平凡、瑣碎，而且只關乎個人，但一針見血！因此，眞正的問題在於：我們該如何辨識出（並有效處理）工作中潛藏的倦怠警訊？

根據我自己所寫的內容，以及學生與我分享的自由書寫內容，我列出了一些倦怠感潛藏的所在，你可以在自己的自由書寫內容中，尋找蛛絲馬跡：

- ……你的思緒老是繞著同樣的事情打轉（「我眞的應該要完成×××」）。
- ……同一個人（「珍娜是找到解決方法的關鍵」）。
- ……同樣的意象或比喻（「這個市場就像是體香劑一樣」）。
- ……同樣的語言（你在同一張紙寫了四十二次的「努力工作」）。

- 你急著逃避令你不愉快的場景（「我把討厭的文書工作都做完了」）。
- 你不斷找自己的碴（「我簡直爛透了」）。
- 你不斷找別人的碴（「巴尼簡直爛透了」）。
- 你認爲你已經嘗試過所有的可能，你已經走投無路了（「這是第十個、也是最後一個方法」）。
- 你認爲情況已經無法挽回（「已經沒有希望了」）。
- 當你唸著書寫的內容，讀到某一段時，你突然猶豫不決或開始顫抖。

請不要在看過一、兩頁自己寫的自由書寫內容，並在當中搜尋到上述的某個警訊時，就立刻大叫：「我就知道！我出現了倦怠的徵兆！」更糟糕的情況是，你開始進行一段自由書寫，卻把一個或多個警訊「不小心」寫進去，然後誤以爲自己有了倦怠的徵兆。

找到倦怠感並不是值得你加以練習的事，這和在拜訪新客戶時與對方稱兄道弟一樣不可取。察覺倦怠感的價值在於，讓你意識到它的存在——因爲你一直忽略了它所發出的警訊。

假如你發現了倦怠感的蹤跡，請留心它出現在生活中的何處。假如這個蹤跡並不明顯，也請你不要展開全面搜索。

倘若你發現了上述的某個警訊，或是某個我沒有提及的警訊，該怎麼辦呢？首先，什麼事也不要做。因爲感到倦怠、無聊、無趣是人性的一部分，不論是先天還是後天因素造成的。有時候，處理倦怠感最好的方法，就是放任它不管。

然而，你該如何辨別，你的書寫內容呈現的是無益的倦怠感，還是有益的停滯期？我們再回到懷特曾經說過的話，尋找解答。

假如你還記得，他說：

> 即使你陷入泥沼，假如你能據實描述自己被困住的狀態，那麼你就會意識到，你不能再繼續這樣下去了。因此，你只要據實說出或寫出自己被困住的狀態，或是自己孤立無援的狀況，就可以爲自己打開一扇通往自由的大門。

請將「據實」這個詞深深刻在你的腦海中，因爲它是自由書寫最好的朋友。假如你將某個計畫是如何失敗、某個協商如何破局、你的事業如何停滯不前的狀況，據實寫出來，奇蹟就會發生。你的頭腦會突然變得明澈如鏡，這清明的狀態可能只有在你多次嘗試據實書寫後，才會出現。它就好像當你把窗子打開時，清新的空氣令你的頭腦突然清醒過來一樣。

這種明澈的狀態可能會指點你好幾個方向。它也許會說：對，你對這個狀況已經感到倦怠了，你必須做一些改變，計畫如下……或是說：你正走在爛泥巴裡，你唯一該做的，是堅持到底，繼續走下去。那麼，你究竟該如何施展這個「據實書寫」的魔法呢？

・重・點・複・習・

✓假如你誠實地把所有想法寫出來，就可以找到需要改變的地方。

✓**試試看這麼做：**
針對某個令你身心俱疲的狀況，進行十分鐘的自由書寫。不要試圖找出解決方法，只要盡可能詳細地描述這個狀況就好。

[祕訣十九] 據實書寫的魔力

The Magic of Exact Writing

假如現在我要你把自己的倦怠感或是被困住的狀態，精確地據實寫出來，你知道你會寫出什麼東西嗎？你會寫出一段虛構的故事。

要求你以外科手術般精準的方式，據實談論你的狀況，其難度就像要求跳傘者準確降落在直徑三十公分的圓圈內一樣，根本是緣木求魚。

第一，你不可能確知自己的動機，更別提別人的動機了。

第二，倦怠感是累積而成的，要你簡單摘要出一個經過長時間發展的曲折問題，簡直就是在開玩笑。

第三，要求你簡述自己的問題，反而會造成反效果，因爲你會在腦海中從不同的角度反覆思索這個問題，希望讓先前從來沒想過的觀點，突然浮現。

因此，要「據實」書寫倦怠的狀態，並不是把思緒變成像雷射切割刀一樣精準，而是把一大堆文字丟到紙上，確定你就如這些文字所形容的那樣。

讓我們換個方式，用一個故事來說明。一九六〇年代中期，早在還沒寫出《太空先鋒》（*The Right Stuff*）或《走夜路的男人》（*Bonfire of the Vanities*）之前，湯姆．沃夫（Tom Wolfe）有一次要爲某個雜誌寫一篇他很想寫的文章，但因爲這篇文章主題相當特殊，他苦思不著合適的切入點。

他想要側寫某個訂製車設計師精心設計一個特技表演的經過。沃夫知道這是一篇重要的人物報導兼社會評論，但他不知道該如何下筆。眼看截稿日就要到來，焦急不已的沃夫於是打電話給編輯，坦承自己陷入了倦怠與腸枯思竭的狀態。關於這段對話，沃夫如此寫道：

他（雜誌社的編輯）告訴我，只要把重點打出來寄給他就好，他會找別人來寫這篇文章。因此，那天晚上大約八點的時候，我開始以寫備忘錄的方式把重點打出來。我以「親愛的拜倫」（這位編輯的名字）作爲開頭。然後，我從我在加州第一次見識到訂製車的經歷開始寫起，我把一切記錄下來，像個瘋子般寫了好幾個小時。我可以感覺到有些事發生了……當我把細節寫下來以後，我突然看清了一切。

經過八個半小時不假思索的馬拉松式書寫後，興奮得睡不著覺的沃夫把他的「筆記」拿到雜誌社去。結果，雜誌社當下決定把「親愛的拜倫」字樣拿掉，將其餘四十九頁的內容原封不動地刊登出來（而不是原本規畫的兩頁文章）。就這樣，一位世界頂尖作家的獨特寫作風格，就此誕生。

對我們來說，沃夫是否因此成爲一位成功的作家，並不是那麼重要的事。我們要注意的是，沃夫所展現的狂熱且不中斷的書寫方式，以及他爲了達到這個目的所採行的方法。現在，我們來檢視一下，沃夫寫這個備忘錄的對象是誰、他所採用的「記錄下一切」的原則，以及他鉅細靡遺的態度。

書寫對象

我所謂的「書寫對象」，指的是沃夫寫備忘錄的對象，也就是《君子雜誌》（*Esquire*）的總編輯拜倫．都貝爾（Byron Dobell）。現在，你也想要開始以都貝爾先生或是其他知名的編輯爲對象，進行自由書寫，並且從此在藝文界大放異彩，晉身暢銷書作家之列？（假如你的答案是肯定的，那很好。但爲了要讓我能夠繼續說明下去，我們假設你的答案是否定的。）基本上，你的書寫對象只有你自己而已，而且本來就應該如此。你的書寫內容是機密資料，只有你自己才能看，假如有人想要偷窺這些內容，你應該挺身捍衛這些資料，保護它們的隱私性。（假如你想要公開發表部分的書寫內容，那也是之後的事。）

如果你知道自己書寫的內容是要給某個人看（即使這個人永遠也不會看到這些內容），那會發生什麼事？你覺得這種心理轉換會影響你的思考方向嗎？答案絕對是肯定的！

請你試著做做看：專注思考某個主題，一個你自認擅長的領域。好，假如我現在要你以這個主題，對著滿屋子的外科醫生進行二百五十秒的演講，你會怎麼爲這群聽眾準備一份可以吸引他們的演講稿？雖然你的演講題材（好比說向專業醫師推薦摺紙技巧）並不屬於某個專業領域，但是因爲你演講的對象是一群高知識份子，所以這個事實很自然就會影響你說話的方式。

現在，把你的演講對象改成滿屋子的高中生。當然，高中生有可能和知名的政治人物一樣聰明，但你不可能把你專門爲外科醫師編寫的演講內容，拿來對著這群青少年講，對吧？你一定會重新調整你的內容。而當你進行修改時，你同時也開始針對聽眾的屬性，以不同的方式構思你的題材。

在你書寫的過程中，試想這種聽眾改變的作法，尤其當你要書寫的是自己的倦怠狀態（這就和紙上對話一樣，只不過你的對象正不發一語地專注聽你說話）。當「親愛的拜倫」這個詞發揮神奇的力量，讓沃夫自然而然地調整思緒時，他也開始透過新的觀點，看待自己的題材。換句話說，當你試著寫一封（不會寄出的）信給你的老闆、配偶、朋友、敵人、查帳員、業務員、行銷人員、倉管人員、工友、最喜愛的演員、最討厭的演員或是某個歷史人物，這種自由書寫的方式有可能會爲你的大腦打開幾個新的通道。假如你認眞嘗試和不同的對象說話，你就會很自然地開始涉獵你從未接觸過的觀點。

記錄下一切

由於沃夫不確定文章該往哪個方向發展，也不知道什麼是重要的、什麼是不重要的，所以他一股腦地把所有他記得的內容全都寫出來（還記得嗎？他寫了四十九頁）。套句他的說法，他「把一切記錄下來」。那麼，沃夫所謂的「記錄」，到底是什麼意思？當我思考這個詞時，我想到的是會計把數字塡寫在一個大帳本裡的畫面，這個會計不作任何評斷或思考，只是盡職地完成抄寫的動作。我認爲這正是沃夫當時所做的事，也是我希望你做的事。當你要檢視自己的倦怠狀態時，請把浮現在你腦海中的一切都「記錄」下來，不論內容是否與你要思考的主題有關。假如你想對自己記錄下來的內容進行評斷，沒有問題，但千萬不要把已經寫出來的東西刪掉，或是不去思考原因，就嚴厲指責自己書寫的內容，或是開始注意起修辭是否妥當。

請用「記錄下一切」的原則來鼓勵自己，把沒說出來的話都表達出來。就像會計沒有權力因爲他對數目不滿意，就修改他寫進帳冊裡的數字一樣，你也沒有權力修改浮現在你腦海中的思緒。假如你對那些思緒有意見，你可以用接下來的句子加以評斷，但是不要在還沒將那些思緒寫下來之前，就將它抹煞掉。

鉅細靡遺的態度

根據懷特的看法，「據實」描述令你感到倦怠的某個狀況，可以幫助你改變這個狀況，作法也許是透過你對這個狀況的觀察，或是你開始意識到它的存在，或是你爲了要打破這個狀況而擬訂的改變策略。此外，在檢視沃夫處理類似問題的方法後，我們會發現，要「精確」描述自己的狀況，你需要的並不是經過精心挑選與整理的語言文字，而是要選擇自己從未接觸過的聽眾，透過他們的眼睛找到新的切入點，同時要記錄下浮現在腦海中的所有思緒。接下來我要解釋，前述摘錄自沃夫的文字中，有一個耐人尋味的句子「當我把細節寫下來以後，我突然看清了一切」，究竟代表什麼意思。

當我們說「要注意細節」時，言下之意其實充滿了責難的意味，意思是要叮囑某人專心做事，不要像以前一樣把事情搞砸了。然而，當你仔細檢視事物時，你會發現每樣事物同時具備了簡單與複雜的特性，而這個發現將會使得這些事物變得極具美感，令人著迷。

我知道上述這種說法非常抽象，讓我換個方式說：假設你是某家出版社的行銷人員，你的職責之一，是把公司即將進行的新書宣傳活動，用電子郵件寄給所有的通路和客戶。這項工作聽起來很重要，但是你寄送出去的資訊其實大多很無趣，也許是報紙上刊出的書訊簡介，或是作者在深夜廣播節目的訪談內容。於是，你把注意力轉移到其他的工作上，而不是花更多精神，利用更多細節，把這封宣傳郵件寫得更加吸引人。結果，你的怠惰引發了更強的怠惰傾向，到最後你會發現自己完全不想碰這項工作。

當你以這個倦怠感爲主題進行自由書寫，你將這個工作稱爲「整天壓得我喘不過氣的重擔」。你決定做個小小的實驗，既然公司出版的書不再新鮮有趣，而且那些作者也不是媒體追逐的焦點，那你何不在宣傳郵件中加點刺激的東西，爲自己和客戶創造一點價值？

你造訪了許多書店、圖書館與網站，找到了許多文章，主題是關於如何讓宣傳郵件引起收件者的閱讀興趣。你拿起筆，開始在這些文章上畫重點，找出可以吸引讀者的注意力，並讓他們對全篇宣傳郵件保持興趣的方法。在進行自由書寫後，你從中整理出可用的內容，寫出了一封超越以往水準的宣傳信。你把這封信寄出去，並做一些後續的連繫工作。當然不是所有的收件者都會讀你這封信，但至少會有一些人看過。你可以去和這些人聊聊，弄清楚他們想得到什麼樣的訊息，好幫助公司賣出更多的書。

有一家書店的老闆告訴你，有幾個聊天室的討論主題與你們公司的出版路線有關，也許你可以研究一下，向這些社群推廣銷售。於是你開始打一些電話，做一些實驗性的嘗試。

透過自由書寫與實際的生活經驗，你發現你已經忘了倦怠這回事。你的腦子已經將倦怠歸類到「無聊」的類別，並且從此不再理它。當你仔細研究令你覺得無聊的事物，以及你可以如何從那裡出發，踏上新的方向，你同時也讓自己活了過來。這次你不再被倦怠感牽著鼻子走，反過來讓它接受你的差遣。

我應該已經說得很清楚了：書寫細節可以讓主題脫離抽象的層次（一輛汽車），進入實際而具體的層次（一輛配有黑色皮椅的紅色火鳥，掛在天線上的小國旗會隨風飄揚）。

在你打開電腦，針對本章教導的內容進行自由書寫之前，我想提供你一個嘗試「據實」書寫的建議清單：

一、從問題中最令你感到困惑的部分開始著手。問問自己：我爲什麼會卡在這裡？

二、記錄下你現在對這個問題的看法，以及問題剛出現時你的想法是什麼。比較一下你的前後想法有何不同之處？爲什麼會不同？

三、在心中檢視整個狀況，檢查自己是否把所有相關的人都考慮進去。

四、當你要分析別人的行爲時，請盡量描述你觀察到的行爲。雖然我們時常認爲自己知道別人在想什麼，但其實不然。

五、假如你覺得要在紙上據實寫出自己的狀況有困難，那麼請遵照艾波提出的方法來做。艾波告訴他的學生：「不要管文字了，張大眼睛看。」艾波的意思是，盡量喚起自己最生動的記憶。你在那個情境中看到、聽到、摸到、聞到與嚐到了什麼，將這些強烈的感受化爲具體生動的文字。現在，透過從自由書寫得到的新觀點，你也許已經爲一開始令你感到困惑的問題，找到了可能的答案。

六、不要假設你的倦怠感需要被「解決」。你可能需要任它自行發展，又或者，它會自行解決。

七、你是否眞的嘗試過某個解決方法，或者你只是以爲你知道事情會如何發展，請把這兩者分清楚。我們時常以爲我們已經試過了，所以我們的腦子就提前停止思考。

・重・點・複・習・

✓ 進行據實書寫，切入重要事物的核心時，你必須誠實且具體地將你所想、所看、所感受到的一切，如實傾倒在紙上。盡全力詳細描述，稍後你就能在書寫內容中，找到一些能夠反映事實或是引出解決方法的文字。

✓ 以各種不同的人為對象，進行書寫。

✓ 要做到誠實書寫，最可靠的方法就是如實寫出具體的細節，並且以廚房語言描述自己的思緒。假如你的大腦告訴你要寫X，你就寫X，即使寫Y會比較合乎邏輯。

✓ **試試看這麼做：**

針對某個糟糕的情況，進行十分鐘的自由書寫，但是要以情境中的某個人作為書寫對象（例如：「親愛的雪倫」）。你要對這個人如實描述細節，盡量把所有想得到的東西都丟到紙上。當計時器響起時，再針對同一個情況進行十分鐘的書寫，但這次的對象，是你某次順利完成工作的情境中的某個人。檢視一下，轉換對象是否讓你對這個困境產生了新的看法。

【祕訣二十】從商管書中擷取精華

Extract Gold from a Business Book

在本章中，你將要學習如何閱讀一本商管書，並且針對書中的寶貴觀念，以自由書寫的方式提出同意和反對的意見，藉此將這些觀念轉化成你自己的觀念。假如某本書的見解很棒，你可以把這些見解掌握得更好，甚至知道該如何在現實生活中加以測試運用。假如某本書寫得很糟，那麼你也可以透過反對的方式得到收穫。你必須主動與書本的題材進行對話。這是本章和本書的重點，也是自由書寫這個方法的重點。

好，現在你需要準備一本你感興趣、想要仔細研讀的商管書。沒有必要找一本令你反感的書來折磨自己。當你閱讀這本書時，盡情在書上畫線和作注記。不要把書當成供奉的寶物，而是要把它變成專屬於你的用品。當你看到令你想要重讀的句子、令你想深入思考的段落，或是你日後想要查證的事實，請做上記號，這樣你以後才能很快再找到這個部分。

你所做的，是把讓你產生共鳴與特別有感覺的部分標示出來。換句話說，你將書中的精華畫上記號。此外，不斷畫線的動作還可以讓你保持警醒，強迫自己留心閱讀作者提出來的概念，即使作者的書寫方式可能不符合你的喜好。

當你在閱讀時，假如你有問題想要問作者，就把問題寫在書上空白的地方。同樣地，假如你有任何心得，也要馬上寫下來。千萬不要以爲那些心得想法和愛因斯坦的相對論一樣優秀，會永遠停留在你的腦海中，所以你可以等晚一點再把它記下來。你一定會忘記的。因此，即使冒著蓋過書的內容的危險，你也要馬上把那些稍縱即逝的思緒寫在書上。此外，不要吝於畫線，假如你不立刻把令自己心有所感的部分標示出來，當你把書本闔上之後，就再也找不到了。這是一個很現實的問題。我們有太多的東西要讀、要學、要做，除非你覺得這本書特別有價值，否則你很可能只會看過一遍，之後只有在需要查詢你曾畫下的重點時，才會再次翻閱，而你沒有畫線的部分，就好像不曾存在一樣。

你可能會遇到一本讓你一點感覺也沒有的書，書中只有幾個詞彙值得你深入思考。也許你想要把整本書看完，再進行自由書寫。不過，大多數的情況是，當你看到有趣的主題時，你的思緒就會開始蠢蠢欲動，逼得你必須暫停閱讀。把一段值得玩味的文字摘錄出來，或是用自己的話敘述一次，然後針對這段文字進行十至二十分鐘不間斷的書寫，將令你感到興奮的思緒全都傾吐出來。

我以一個例子來說明。我爲威廉．哈德遜（William J. Hudson）的《智慧資本》（*Intellectual Capital*）開了一個自由書寫的電子檔，我把對此書觀點的疑惑、同感與偶爾出現的訝異，洋洋灑灑地寫了十頁。以下是我從書中摘錄的一段文字，以及我對它的回應：

冀望這個世界可以簡化爲幾個所謂的趨勢或大趨勢，是一種錯誤的想法。這個世界絕無義務去迎合人類的智慧。當你認爲自己可以掌握「主流觀點」時，這種想法可能會讓你看不清自己能做的事，也就是（在緊要關頭）把競爭對手遠遠地拋在腦後。

哈德遜在這裡到底想說什麼？我想他的意思是：這個世界充滿了糾結不清的過程，而且彼此之間充滿了緊張關係，這是事實。假如我們以爲自己可以用簡單的隻字片語，就爲這個複雜的系統（大趨勢的基礎）作個總結，那就是極度傲慢，而且必定是不正確的。

這些過程不會爲了要讓我們可以加以研究或分類，就慢下來或是變簡單。它們會以自己的方式進行。人生中必然有一些東西是我們無法理解的，但這並不表示我們應該放棄想要理解這個世界的企圖，或是壓抑所有的看法與推測。我們只要意識到，我們的看法會讓我們看不見某些事實，這樣就夠了。

在上面的文字中，哈德遜最後說，「自己能做的事」就是把競爭對手「遠遠地拋在腦後」。假如我沒有誤解他的意思，他應該是說，即使我們意識到大潮流可能會阻礙我們看清事實，但我們仍可以用我們的知識與判斷力，趕在我們的競爭對手之前，完成我們該做的事。

哈德遜的看法有錯嗎？我難以反駁他。

我一直認爲，做出長期預測的人，基本上都只是提出一個僞裝成事實的假設而已。要反駁哈德遜的看法，最好的方法就是對他說：假如你提出一個趨勢（即使只對自己說），然後設法讓這個趨勢實現，那麼它就有可能成眞——以這個情況來說，預測趨勢是一種創造性的工具。假如我說，我預測會有更多人進戲院，於是我蓋了一家戲院，把錢押在這個趨勢上，然後拚命想辦法吸引人潮進入這家戲院，讓戲院的票房蒸蒸日上。那麼我的看法是一種自我實現的預言，一種對我有幫助的自我催眠，它幫助我努力向前進。

我該如何把這個觀念應用在生活中呢？並不是所有的點子都應該馬上被應用。但是假如我花一點精神，想想實際執行的方法，也許下次當這個點子可以派上用場時，我就可以比較快想起它。所以，我的答案是：我不需要到處告訴別人趨勢是什麼，但也許我可以在假設某些趨勢爲眞的情況下行事。

例如，假如某個客户過去曾給我一筆兩百美元的訂單，所以我就把他當作兩百美元的小客户來對待，我沒有積極提供他即時的資訊，也不爲他超時工作。我的行爲注定了這個客户不會成長。假如反過來，我檢視客户清單，發現有些客户的訂單比較小，而我嘗試爲這些客户提供兩千美元的努力與服務。我會覺得自己將哈德遜的看法轉變成自我成長的概念，而不是迎合哈德遜的目的，依循他的看法來處世。不過我要提醒自己，趨勢觀察家與我都會認爲自己的看法是對的，我們都認爲自己知道這個世界的運作方法，然而，我們的假設與預測有可能大錯特錯。

你還想要另一個例子嗎？以下是我試圖要理解菲利浦．克勞斯比（Philip Crosby）《領導法則》（*The Absolutes of Leadership*）中的某一個段落時，所寫的內容：

假如以傳統的語言（例如「好」和「令人滿意」）來定義品質時，沒有人知道那確切代表什麼意思。於是，品質變成了「當我看到時，我就會知道」這類的概念。人們會對某個東西有多好爭論不休。最好的作法是，讓人們討論要求與細節，而不是情緒。

我知道關於品質與有效管理品質，一直存在著許多爭論（哇，我的語氣好嚴肅哦，某些主題會讓我的說話方式變得很嚴肅）。許多得過國家品質獎的公司，在證明自己是品質管理領導者的幾年後，就關門大吉了。但是克勞斯比對於人們應該處理「細節而不是情緒」的主張，是非常有道理的。（不過，他在這裡使用情緒這個詞有點可惜，因爲情緒往往與一般人對品質的細節認定有很大的關聯。）

假如人們習慣用鬆散的一般論調來談論事情（「我喜歡用這種方式做生意，因爲這種方法很好」），那麼就沒什麼好討論或可以努力的空間了。同樣地，假如我含糊地說「X流程應該可以更快完成」，這只點出了X流程的改善起點而已。

而「X流程應該可以更快完成」這句話可能會引發一連串尖銳的問題：「更快？要多快？你所認定的快是什麼？爲什麼要更快？客户會注意到我們加速完成這個流程嗎？加速完成X流程會不會占用到其他的資源，以至於對公司產生不好的影響？我們可以乾脆把X流程去掉嗎？改善X流程會對其他流程產生連帶的好處嗎？我們該如何加快X流程？有哪些方法可以改善X流程？請舉出十種方法。哪一種方法最可行，爲什麼？假如我們採用了其中一個方法，我們怎麼知道這個方法是正確的？我們該如何將這個新方法變成X流程的一部分？假如我們把X流程去掉，需要向客戶報告這件事嗎？假如我們採取了改善方式，該如何向其他人解釋這個決定？假如這種改善動作發揮了效用，我們該如何將這種改善作法推廣到公司的其他部分？」

我知道，此時你可能露出了害怕（或是無聊）的神情，心裡想著：「馬克眞的要回答所有這些問題嗎？」當然不是。

重點並不在於提出一堆沒有意義的問題，而是這些問題可以被提出來，而且大多數應該要被我們提出來，即使有些問題的答案很簡單。最重要的原則是：進行自由書寫時，我們永遠要抓住自己最有感覺的主題。

假如你在書寫時提出了一個令自己非常興奮的問題，那麼就跟隨它走吧，就像獵犬追著兔子跑一樣。反正你稍後還是可以重回主題，把其他的部分寫完。這是運用自由書寫解決問題的好處之一：一旦付諸白紙黑字，思緒就跑不掉了。請不要把自由書寫變成令人生畏的活動，它應該是你一天中最精神奕奕的時刻，就像拿冷水從頭上沖下來一樣。

再回到我剛才的書寫內容：

剛才討論到要求與細節的部分當然很理想性，但是我們公司不可能讓顧問介入，進行全面性的品質改善。我還記得幾年前，我曾經提議要讓克勞斯比的人來看看我們公司的狀況，結果高層認爲不值得。也許他們是對的。

那麼，我該如何從上述討論品質的觀念中，吸取教訓呢？我該如何將那些文字的精華應用在我的工作上？

作爲一個業務人員，我可以詢問客户：在他們和我的往來互動中，是什麼東西決定了品質。是哪些實質的細節會讓他們說：「馬克和他的公司非常優秀。」而又是哪些實質的細節，會讓他們說：「我希望馬克和他的公司能做得更好。」

我現在最好把應該和客户討論的問題，列個清單，因爲他們有可能會遺漏一些一時之間沒想到的東西。那麼，我想和他們討論哪些問題呢？

業務方面：我們的聯絡夠頻繁嗎？還是太頻繁了？我們是否提供了必要的

書籍產品與資訊？我還可以爲他們做些什麼？其他公司提供了哪些服務？我們的合作條件有競爭力嗎？

出貨方面：我們的書是否如期送達？這樣的速度夠快嗎？我們的紙箱夠堅固嗎？包材是否合用？發票是否正確？

行銷方面：他們是否需要我們提供任何資訊？他們是否清楚了解我們的合作策略？是否善用了這些策略？他們是否曾經上過我們公司的網站，上面是否有他們可以利用的東西？

會計方面：我們的配合度夠不夠？

在進行我個人的小型問卷調查之前，顯然我必須先和公司其他部門的主管談一談。我相信一定還有一些該問的重要問題，只不過我現在沒有想到。我也要請客戶告訴我，與我們互動的過程中所發生的小故事（好壞故事都要）。有時候，一個生動的故事可以比一長串抽象性敘述表達出更多的東西。

注意到了嗎？我擷取了一個我原本無法應用在工作上的概念，設法從中得到最多的收穫。

在與克勞斯比的觀念進行一番辯論之後，我更能夠了解他的意思了（雖然他本人可能會否認這一點）。更重要的是，我根據自己剖析的概念，得到了一個行動計畫。是的，我確實執行了這個計畫，並且得到了一些成果。我運用自由書寫所提供的自由天地，繼續利用這些成果。

·重·點·複·習·

✓ 在閱讀的過程中，將書本內容變成專屬於自己的東西：畫底線、摺角、提問、爭辯或同意論點，在空白處寫下心得筆記。看書是為了得到可行的概念，而得到可行概念最好的方法，就是在閱讀時採取主動。

✓ 透過書寫，試著將作者的觀念應用到自己的生活中。即使你不認同作者所說的話，你也可以透過反駁，發現自己其實知道該做什麼。把這個發現寫出來。

✓ **試試看這麼做：**
找出本書中最有價值和最沒有價值的概念，各進行十分鐘的自由書寫。

[祕訣二十一] 你專注什麼就成爲什麼

You Are What You Focus On

本章看似與書寫無關，但其實不然。

在我十幾歲時，我看到了一個令我終生難忘的句子。這句話是美國哲學家愛默生（Emerson）所寫的：「竭盡全力發揮自我，因爲你唯一擁有的就是你自己。」

我滿懷熱情地把這個句子整齊地抄在一張小卡片上，然後小心翼翼地把這張卡片對摺兩次，放進皮夾裡隨身攜帶。每當我覺得自己不如別人，亟需勇氣支持自己度過這種感受時，我就會用這句話鼓勵自己振作起來。

我眞希望我可以告訴你，這句話改變了我的一生，愛默生的精神穿越時空，充滿了我的全身。但事實並非如此。事實是：當皮夾變得愈來愈厚、不好攜帶時，我就把這張卡片給丟了。

然而，這句話的精神確實一直跟隨著我，並且幫助我逐一完成人生中重要的目標：愛默生的話讓我第一次領悟到，假如我要在人生中完成任何重要的大事，我都必須運用上天賜給我的能力。換句話說，除非付出努力，否則我不可能在突然之間變得更聰明、更有運動細胞，或是更擅長做某些事。

此外，愛默生的話也讓我開始重視自己腦袋裡的東西，倒不是因爲我有過人的聰明才智，而是因爲那是我唯一擁有的資產。

我發現，假如我想要寫書，我就必須專注於與寫書有關的活動，包括閱讀、文法、採訪技巧等等。假如我想要成爲一個業務員，我就必須專注於與銷售有關的活動，諸如尋找新客戶、贏得客戶的喜愛、保持密切的往來等等。我所需要的技巧，並不會在我睡覺的時候從天上掉下來，我必須專注在這些事物上。

在某種意義上，我的關注焦點決定了我是個什麼樣的人。由於我過去花費了許多心力在出版業，所以我現在不是一個景觀設計師或籃球運動員，而是圖書銷售業務員。由於我喜歡利用休閒時間研究魔術表演，於是我花在蒐集郵票或練習射飛刀的時間就變少了。我的心思之所在，也對我的人生產生了其他的深遠影響。它不僅決定了我花費時間和精力研究的對象，也決定了我會如何進行研究。觀察敏銳的管理顧問傑弗瑞·貝爾曼，曾經完美地詮釋了這個觀念：

由於我過去曾在人力訓練部門工作多年，所以我很習慣把績效問題想成是訓練上的問題。尤其是在管理或人際關係的行爲方面，我「知道」假如某個人的表現不佳，一定是因爲他缺乏這方面的知識，只要加以訓練，情況就會改善。而我是一個訓練師，只要我們兩人合作，問題就可以解決了，這不是很好嗎？但是，不令人意外地，由於我現在已經不太從事人力訓練方面的工作，所以我看事情的方式和以前大不相同了。

我也和貝爾曼一樣，傾向於運用關注焦點所形成的偏見來處理問題。我的腦袋會先進入慣性思考模式，從那裡找尋解決問題的方法，而不是從開放的觀點來處理問題。

到目前爲止，我對個人關注焦點的看法聽起來可能令人感到沮喪，因爲這個主張代表了：我們會基於慣性，採取或略過某些思考途徑。然而，關注焦點的影響無遠弗屆，即使是在日常生活當中，它也決定了我們看得到與看不到的事物。

前幾天，我突然注意到，我辦公桌的電腦螢幕旁貼了一張便利貼。這張便利貼並不是憑空出現的，它是我在十四個月前貼上去的。

這張便利貼出現在我的視線範圍內，每天超過八小時，日復一日。但我只有在不小心碰到螢幕時，才會注意到它的存在。基於某些原因，這張貼在電腦螢幕角落的便利貼，沒有引起我的興趣與關注。

就某方面來說，我非常了解自己的工作方式。我也「知道」假如便利貼上有很重要的訊息，我會把它貼在電腦螢幕的正中央或是鍵盤上。對於應該處理的事，我會把它放在明顯的地方，讓它成爲我視線的焦點，時時督促我去完成它。

這張邊緣已經捲起的可憐便利貼，從去年春天開始被貼在那裡，歷經了四季，眼看著時序來到今年的夏天，它的上面有一行用鉛筆寫的字：把大衛借的錄影帶和書拿回來。這個訊息夠重要，所以我並不想忘了這件事，但它也不是那麼要緊，所以並不會促使我採取眞正的行動。這四百個工作天以來，我的關注焦點略過這張便利貼，告訴我還有其他更重要的事要辦。

這則和關注焦點有關的小故事，是否引起你會心一笑？還是讓你感到不屑？雖然本章進行到目前爲止，我還未教你任何東西，但你一直是我關注的焦點。假如現在我們兩個人坐在一起，我會請你告訴我一些與你的關注焦點有關的故事。你可能會告訴我你的職業是什麼、你的興趣是什麼、你的家庭生活如何。我們會叫外送披薩一起享用。然後你繼續告訴我，什麼事會令你大爲光火，什麼事會令你樂不可支。我會問你，你認爲你的關注焦點在這些事情上扮演了什麼角色，而改變你的關注焦點，是否會改變你的生活方式。我會研究你的用詞與興奮時刻，找出這個觀念已經「深植」於你腦海中的證據。不論你是否相信這個觀念，我會給你一個小小的練習，一個類似遊戲的東西，讓你體驗到轉移注意力的感受。

不過，顯然我們並沒有坐在一起，所以我無法與你對話，或是和你分享披薩。但是我可以請你參與一個小小的遊戲，感受一個神奇的體驗，藉此讓你切身體驗到關注焦點的力量。

請你不要抬起頭，在心裡把房間裡所有紅色的物品列出來。請你現在就開始做。

現在，抬頭看一下四周，你看到了幾個紅色的物品？在你讀到這一頁之前，你的關注焦點並沒有放在紅色的物品上，所以你沒有留意到這類東西的存在。但是，當你將關注焦點放在紅色物品時，你就在四周發現了好幾個這樣的東西。

再更進一步。假設我告訴你，如果你能在你的房間裡找出一百件紅色的物品，我就給你一千美元。見識一下關注焦點的威力吧！在我的（假設性）條件的驅使下，你不僅會指出所有顯而易見的紅色物品，還會展現出作家喬伊斯（James Joyce）般的創造力：「假如我轉開電話筒，可以看見紅色的線路。假如我用迴紋針刺我的手指，會看到紅色的血。假如我把那個紅色書架拆解開來，就會得到六個紅色的小書架。」

這是一個遊戲，還是神奇的體驗？假如你確實做了這個練習，我相信你會驚喜地發現，物品其實相當「飄忽不定」，即使它一動也不動地停留在你的視線範圍內。當你將這本書闔上之後，這個觀念將會對你產生深遠的影響。我想你會發現一個道理，在某種意義上，當你想找尋某個東西時，你就會發現它的存在；而當你沒有刻意尋找時，重要的觀念或資源有可能就等於不存在一樣。

・重・點・複・習・

✓ 我們的關注焦點決定了我們如何度過這一生。

✓ 運用自由書寫讓自己的關注焦點放在想追求的目標上。（有時候，成功人生最重要的要素，是被埋藏在平凡的表象之下。）

✓ **試試看這麼做：**

把計時器設定為二十分鐘，然後開始自由書寫，列出你認為卓越人生的必要條件有哪些。請把具體與抽象的條件都包括在內。請你從這個清單中找出至少一項，在接下來的三個小時內採取對策，加以實行。

第三部 公開發表

要有效地進行自由書寫，你必須假定，每次的書寫內容都只有你一個人可以看得到。畢竟，就是這樣的私密性，讓你能夠據實將所有的思緒都寫在紙上。

但你可以、也應該從你的自由書寫內容中，挑選一些觀點或段落，發表在部落格和書上。這個單元將會教你一些訣竅與方法。

[祕訣二十二]與他人分享未臻成熟的想法

Sharing Your Unfinished Thoughts

大約在一九九八或一九九九年時，我有了寫書的構想，也就是第一版的《自由書寫術》。要吸引出版社的興趣，我必須先寫一個企畫提案給他們看。一想到要爲一本我還沒開始動手寫的書寫提案，就令我感到不安。

這份企畫書必須成熟完整，而且要有說服力。它要讓出版社知道，我對這本書的一切內容已經了然於胸。

在這份企畫書中，我必須提出這本書的論述，以及我如何將之具體呈現。我必須說明如何透過書頁，帶出我想表達的概念。我還要預測主要讀者群市場，並解釋我爲何這樣預測。我也必須作競爭分析：市面上有哪些類似的書？我的書和那些書有什麼不同？我必須擬定一個行銷計畫，展現我會傾全力推銷這本書的決心。我必須談到自己的背景，解釋我爲何是寫這本書的最佳人選。我甚至得附上幾個章節的內容，以證明我不只是能說而已，也確實可以寫出足以吸引讀者的內容。

這份企畫書的分量要落在六十至九十頁。有一本教導人們寫企畫案的書言之鑿鑿地說，少於六十頁的提案會讓出版社認爲，我的構思比較適合寫成雜誌的文章；而多於九十頁，則會讓他們認爲我的想法沒有重點。

我不知道該從何下手，於是打電話給我的經紀人卡爾．韋伯（Karl Weber）。直到現在我仍然記得，那通電話立刻讓我的心情平靜下來。在撥打那通電話以前，我的五臟六腑全都糾結在一起。但那通電話結束後，我已經迫不及待要著手進行卡爾要我做的事了。

卡爾說，我應該把企畫書的事全部忘掉。我要做的，是寫一封信給他。他把這封信稱之爲「聊天信」。他要我把腦中想到跟這本書有關的一切，以及我認爲自己可以如何協助這本書的銷售，全都寫下來。這封信只是朋友之間的輕鬆聊天，不是一封正式又文謅謅的信。

這種信寫起來很自在，就像沃夫寫給雜誌社編輯拜倫的備忘錄一樣（參見第十九章）。我以「親愛的卡爾」爲信的起頭，接著就任憑思緒馳騁，讓腦海中想到的所有事實、故事、觀點與恐懼，全都透過我的指尖釋放出來。寫這封信花了我好幾個小時的時間。接下來，我和卡爾就有了可以討論的素材，也就是一個起點。經過幾個星期的來回討論，卡爾和我將這封信變成了一本書的提案企畫，而且獲得了出版社的青睞。

將自己的思緒與感受化爲文字，可以讓你從中獲益，即使你並不是百分之百確定自己的思緒與感受到底是什麼也沒有關係。此外，與他人分享自己的思緒與感受，也能夠讓你有所收穫。

把思緒寫成文字給別人看，可以幫助你整理原本雜亂的思緒；這份文字也讓他人有具體的東西可以回應你，這樣的回饋將會對你有所幫助。同樣地，你將思緒化爲文字時所投注的精力與腦力，也會對你自己有益。

卡爾當時所說的聊天信，我後來把它稱爲「交流文」和「拼貼文」。我現在則稱之爲「聊天文」。聊天文是一種用來解決問題的文件，它呈現出你思緒流動的方向，而且你不必承諾任何事。你並不是在賣弄，也不需要明確的答案。這種文件很好寫。

進行這種書寫形式的一個好方法，就是運用卡爾告訴我的方式：以一個眞實的人作爲對象，寫一封信給他。這個對象要找誰呢？一個你信任的人，這個人會永遠站在你這邊，他關心你的想法，而且希望你好。如果可以的話，請在你正在進行的工作計畫中，找一個參與其中的人，試著對他寫一封這樣的信。如此一來，他就可以根據這封信，給你一些意見。假如你在你的計畫中找不到可以書寫的對象，那麼就找一個你可以信賴的局外人。

應該事先和對方聯絡好，告訴他你會寄一封這樣的信給他嗎？如果是我，我會這樣做。我會先確定對方有意願幫我，有時間看這封信，而且了解我對他的期望，也就是把他覺得好的、不好的或者是有趣的部分，通通告訴我。

到目前爲止，還沒有人拒絕過我的請求。但假設某人拒絕了，那麼我就不會寫信給他。這種寫信的方式有兩個好處：其一是記錄下自己的想法讓別人了解你；其二是運用這些想法促成一段眞正的對話。因此，假如對方拒絕我，我就會再找別人。

你也可以寫信給一個團體。當然，這種作法會比較複雜，因爲你必須了解並且信任團體裡的每一個人。

直接寫信是創造聊天文的一種方法。另一種方法是以自由拼貼的作法完成這封信，這種方法通常可以創造出更豐富的成果。你可以採用你自由書寫的部分內容，加上別人寫的東西，但不需要把兩者緊密結合起來，就算出現內容不連貫的情況也沒有關係。

該如何創作一個拼貼思考的文件呢？首先，就像平常寫信一樣，先想出一個對象，這個人的品德與思維是值得你信賴的。

接著，針對你想要探討的問題，進行一連串的自由書寫。你要盡量從各種不同的角度來進攻你的主題：資訊轟炸、任意離題、爛點子、好點子、詞彙解析、紙上對話、令你訝異的場景、假設最佳的情境、假設最糟的情境。不論你想去哪裡，就透過書寫去到那裡。盡情放膽地去寫，因爲沒有人（包括你的對象在內）會看到你所寫的全部內容。

當你把想說的話都說完之後，將無意義、情緒化、不理性的字眼刪除，把有用的東西留下來。然後把一段段的文字重新排列組合，不要擔心你無法解釋自己爲何要如此編排。拼貼是一種直覺式的創作，不是理性的創作。

現在，把任何你想添加的東西放進這個拼貼作品裡。你可以再多寫一點東西，或是把別人寫的東西加進去，例如記者或是部落客寫的文字（當然，一定要注明出處）。把你曾做過的訪談、曾嘗試的策略、曾得出的假設、曾拍攝的相片、曾畫過的圖，挑選一些加進去。任何有助於你表達概念的東西，全都可以放進去。

現在，再看一遍這份文件。加進一些連接詞，利用文字來標示順序（例如第一、第二、第三），或是畫線標出段落的起始點。還是那句老話，不要擔心連貫性或邏輯的問題。

做完之後，開始起草信的開頭。向對方解釋你在做什麼，告訴他你正在思考的問題，以及你的思考方向；告訴他你希望聽聽他的意見；讓他知道，他即將閱讀的內容並不完全合乎邏輯，但卻是你正在苦思的東西。

檢查一下有沒有錯別字，然後就把信寄出去。

對方可以在你的信上加注意見，或是將意見寫在另一份文件上。你們兩人可以運用你的書寫內容製作一個短片（「我知道腦力激盪會議即將在三天後進行，我的想法是……」），或是運用其他有創意的方法，讓這個對話持續下去。

想看看拼貼作品長什麼樣子嗎？以下是我創作出來的某個拼貼作品的一部分，我去掉了一些細節。此外，原始的文件總共有十頁。請把下面的範例當作一個樣本。假如它對你有幫助，那很好；假如沒有幫助，那麼就請你爲自己設計一個範本。

親愛的X：

就像我在電話裡告訴你的，有一個朋友請我爲她的部落格寫一篇關於社群媒體的文章。雖然我已經當了十五年的作家，但我不認爲自己是社群媒體的專家。我不知道該寫些什麼。我希望給她的讀者一些可以用的東西，但是我不想外行假裝內行。

你是社群媒體的行家，所以我想聽聽你對我的點子有什麼指教。這些點子沒有一個是完全成熟的，大部分是我將平常爲客户諮商時所運用的策略，轉換成社群媒體的情境而已。每個點子都是以探索性書寫的方式呈現。

哪些點子可行？哪些不可行？希望你能提供一些意見給我參考。

馬克

我把第一個張貼主題稱之為「最好的策略假如沒有付諸執行，就不是最好的策略」。這是我對客戶說的話。它到底是什麼意思？

當企業嘗試推動的行銷計畫行不通時，他們就會來找我。他們也許成立了一個網站、一系列的白皮書、一堆宣傳花招，或是其他的東西。

當我研究過他們的情況後，往往會發現，他們口頭說要執行計畫，卻吝於付諸行動。他們沒有徹底執行，或者根本沒有處理到重點。

我問他們為何要選擇這個策略，一般的回答是：聽說這是個完美的策略，最好的策略，而且大家都在用。

然而，他們沒有考慮到自己的特性、人力與資源狀況，也就是自己是否已經準備好了。企業和個人一樣，適合這個人的東西可能會對那個人有害。

所謂客觀的「最佳策略」並不存在。一個策略唯有經過執行，才能被稱為最佳策略。假如你沒有動機、人力或資源去徹底執行最佳策略，那麼第二、第三策略就應該被提升到最佳策略的地位。要用熱情來執行你的策略，熱情很重要，興奮感很重要，徹底執行很重要，完成也很重要。

我主張社群媒體要從第三策略做起。一般人負擔不起電視廣告和報章雜誌的廣告，所以他們就採用自己喜愛而且有能力辦到的方式，包括寫部落格與電子書，還有製作短片。

看看透過病毒行銷流傳的那些短片吧。這就是第三策略提升到最佳策略的例子。它背後的思考邏輯是：「我們沒有錢拍一支『眞正的』廣告，我們負擔不起專業攝影機、打燈、影片資料庫和工作人員，也請不起廣告公司來編寫劇本。但是我們買得起數位攝影機，所以我們一起構想點子，把影片拍出來，看看結果會怎麼樣。」

我認爲，這種採用熱情與動機執行的策略，不只適用於媒體，也適用於文章書寫。我曾看過克里斯・布羅根（Chris Brogan）和朱利安・史密斯（Julien Smith）在《社群創造信任經濟》（*Trust Agents*）中引述蓋瑞・維諾恰克（Gary Vaynerchuk）說過的話：「假如你非常了解電影《陌路情緣》（*Perfect Strangers*），那就開始寫它，把你的狂熱全都傾洩出來吧。假如你的人生是爲極限房車大賽（NASCAR）而活，那麼它就是你的書寫主題。」

換句話說：不要只因爲你認爲自己應該針對某個主題書寫，就去寫它。假如這個主題無法打動你的心，你會寫出很糟的東西。相反地，你應該寫你深感興趣的主題，即使對某些人來說，你感興趣的主題是不重要或不恰當的。你的知識、喜好與狂熱才是最重要的。

關於這個主題，我還有一些問題：

該如何分辨哪個是最佳策略，哪個是第三策略呢？我的意思是，「我要做我最擅長的事」，這句話說來容易，但假如你繼續做某件事的理由，其實是因爲你害怕嘗試新的事物，又或者，假如你持續做的是行得通、但對成長沒有幫助的事，那該怎麼辦？

假如你所擅長的事，是有時效性的，又該怎麼辦？例如，假設你是世界上最棒的馬鞭製造商，你會一輩子製造馬鞭嗎？你會一直製造馬鞭，同時推廣使用馬鞭的生活方式，藉此吸引同好嗎？

我把第二個張貼主題稱之爲……

・重・點・複・習・

✓ 將自己的思緒與感受化為文字，可以讓你從中獲益，即使你並不是百分之百確定自己的思緒與感受到底是什麼也沒有關係。此外，與他人分享自己稍縱即逝的思緒，也可以讓你有所收穫。

✓ 聊天文可以幫助你整理思緒，將思緒與他人分享。

✓ 要創作一個聊天文，你可以選擇下列兩種方法之一，或是兩者併用：一、把自己的想法寫在信上，給一個朋友或是同事看；二、擷取自由書寫的內容片段，加以排列組合，變成一個拼貼作品。

✓ 事先了解你寫信的對象是否有時間閱讀你的聊天文。此外，明白告訴他們，你希望他們給你什麼樣的回饋。

✓ **試試看這麼做：**

今天就和一個朋友或同事聯絡，問問他，你是否可以寄一封信給他，信上寫了你對某個問題的所有想法，而這個問題正困擾著你。對方同意之後，你就可以花一、兩天的時間製作一份聊天文，寄給對方。

〔祕訣二十三〕幫助他人發揮思考能力

Help Others Do Their Best Thinking

我是一個企業顧問，每當有客戶找上門時，在我們第一次會面的前幾天，一定會發生一件事：客戶會打電話給我，要求一些「前置作業」。他們希望我給他們一份企業診斷分析的問卷，因爲他們認爲問卷可以透露出一些線索，讓我們的第一次會面進行得更有成效。

然而，我從來不指派功課。原因是：這只是在浪費時間，包括他們的時間和我的時間。

在我剛開始從事顧問工作時，我看到其他同僚都會讓客戶先做些功課。於是，爲了不讓客戶失望，我也爲他們準備了問卷。通常他們要花上好幾個小時的時間來填寫，而我也要花好幾個小時來研讀。但是，我從來不曾從這些問卷中得到任何有用的東西，或是令我驚喜的內容。一次也沒有。經過一段時間之後，我終於知道問題出在哪裡了。

企業之所以會向我這樣的顧問尋求協助，是因為他們遇到了瓶頸。他們不僅重複同樣的思考模式，也和同業採取差不多的思考模式，至少在行銷定位上是如此。我可以從他們填回來的問卷上，清楚地看出這一點。

他們回答的內容，我在他們公司和競爭對手的網站上都找得到，單調無趣而且大同小異。具有個別性、獨特性的東西都被修飾掉了。就連對於目標與貢獻的描述，也以條列式的簡短文字呈現。

這種制式思考的產物，對雙方都沒有任何幫助。唯有當他們的條理與秩序被打亂，我們才能共同成就一些東西。在某種意義上，他們必須忘了現在的自己，才能回想起原來的自己。

因此，我會運用各種方法，促使他們進入新的領域。其中一個方法（恐怕你已經猜到了），就是自由書寫。我會讓客戶進行自由書寫，運用書寫內容作為我們討論的起點。

運用客戶的書寫內容時，得要讓他們先卸下心防。一開始通常先閒聊一番。我會問對方一個中性的問題，例如：「你想開發的新客戶是誰？」我們會討論一些標準的問題，例如各種產業的現況，以及它們所面臨的問題。

接著我會開始詢問他們關於客戶的事，把話題引導到比較有趣的地方。從這個階段開始，他們會說出比較有意義的東西，因爲此時他們腦中想的是眞正的人，而不是某個類別的人。但是，這樣還不夠。

接下來我們會進入一個全新的領域。我問他們，他們最好的四或五個客戶是誰。和誰的合作經驗最愉快？我要他們說出細節：姓名、長相、年齡、地點、事件、場景、畫面、對話的片段。

大多數人從來沒有想過這些事。即使有，往往也僅限於看看人口統計與心理特質的研究報告中出現的那些精美圖表。

有時候，他們不知道該從何尋找這個「個人喜好」的清單。我可以從他們的姿勢和表情看出來，他們的腦子在搜尋概念，尋找一個開頭。在這個時候，我必須打斷他們，阻止他們過度思考。我會請他們打開電腦，開啓一個空白的文字檔，聽我解釋一個特別的思考方法。

我請他們以最好的客戶爲主題，進行十分鐘的書寫。但是這個書寫內容和他們平常寫的東西不同，並不需要拿給我看，也不用給任何人看。我不會請他們把內容大聲唸出來。事實上，他們可以在我們一討論完，就立刻把書寫內容刪掉。

他們必須快速且不中斷地書寫十分鐘，完全不必擔心錯別字、標點符號或是文法上的問題，也不必擔心自己寫的東西是否有趣或有用。他們可以從任何切入點開始書寫，也可以隨興自由地偏離主題。

我會先示範該怎麼做。我假裝做出打字的動作，嘴裡說：

好吧，李維要我談談我最喜歡的客户。我應該先列出一個清單嗎？還是直接挑一個，然後就開始談？直接挑一個好了，挑誰呢？

我第一個想到的是珍・羅勒，她是一個很棒的客户，爲什麼？我還記得，她曾經向她的主管爲我的決定辯護，因爲她認爲我們所做的事是對的。經過那次的事之後，我願意爲她兩肋插刀。當我知道她百分之百支持我以後，我覺得自己可以完全專注在工作上。我一起床就開始想工作的事，而且樂在其中，忙得忘了吃飯。

所以珍是我最喜歡的客户。下一個是誰？絕對不是克里斯・范恩，我超討厭他的，因爲他老是把事情搞得很複雜。可是他的老闆戴爾・佛利就不同了，他是個很棒的人。我喜歡戴爾的原因是……

示範過後，我設定好計時器，請他們開始寫。假如他們的速度慢下來或是停下來，我就會催促他們：「繼續寫，不要用腦袋想，用指頭想。你可以在電腦裡打出罵人的話，只要這樣做可以幫助你決定接下來要寫什麼就好。」

當計時器響起時，我會問他們關於書寫本身以及書寫內容的相關問題。這種快速書寫的方式，對他們是一種幫助，還是阻礙？在不看書寫內容的情況下，這個書寫的舉動引發了哪些想法與畫面？

毫無例外地，他們談到了自己從來沒有想過的事：他們之所以喜歡某個客戶，是因爲對方幫他們找到了十個新客戶；而他們喜歡另一個客戶的原因，是他會在每次專案結束時，爲他們舉辦慶功派對。

儘管我告訴他們不需要把書寫內容唸出來，但他們就是想唸給我聽。就連自稱不會寫作的人也是如此。他們從來不曾以如此狂熱的方式寫東西，而書寫所創造出來的點子與詞彙，也往往令他們大爲驚喜。他們以這樣的成果爲榮，這是愉快的成功經驗。

接下來的活動也以同樣的模式進行。我問他們問題，大家一起聊天。當他們的話題停留在表面，或是無法再深入時，我就會停止對話，請他們開始自由書寫。有時候，他們會把腦子裡的東西全都傾倒出來。有時候，我會指派一個扭轉觀點的練習，例如要他們試想某個謊言可能導致的結果。

重點在於，不要害怕把自由書寫的方法介紹給別人。當你與客戶或同事進行一對一的討論時，自由書寫是個很好用的工具，而在團體裡使用，效果也一樣好。我曾經在會議室裡帶領小團體使用這個方法，也曾經帶領大型團體在外地訓練時使用，甚至當我站在講台上，對著五百個人演講時，也不例外。

唯一要注意的事情是，你要給每個人足夠的書寫空間。假如他們處於摩肩接踵的狀態，就不太可能據實書寫，因爲他們會覺得旁邊的人可能會偷看到自己寫的內容。

雖然我們現在討論的主題是自由書寫，但我要告訴你一個技巧，這個技巧具備了自由書寫的精神，但不需要動到紙筆。這個技巧是我從克里斯．巴瑞茲布朗（**Chris Barez-Brown**）的《踢屁股的創意》（*How to Have Kick-Ass Ideas*）一書中學來的，叫作「脫口而出」。

這個技巧可以運用在小團體，甚至是一大群人身上。在這裡我以一對一的情況來說明。

假設你有一個問題想要解決，或是想聽聽別人對某個機會的看法。找一個值得信賴的朋友，與他面對面而坐。

把計時器設定在七分鐘，開始談論這個機會的條件與狀況。但是，不要用你平常的冷靜態度來談論，而是要用最快的速度，毫無保留地談論它，除非爲了喘口氣而稍作停頓，否則不要停下來。基本上，你在進行的就是口頭的自由書寫。

當你說話時，你的朋友負責傾聽，然後把重要的事實、故事或是概念簡單記下來。

七分鐘的時間到了之後，就輪到你的朋友了。他有三分鐘的時間可以告訴你他聽到了什麼，他也可以自由加入任何意見與想法。然後，換你把你覺得有趣的部分記下來。

三分鐘的時間到了之後，重複一次剛才的流程。這次你有兩分鐘的時間，告訴你的朋友你聽到了什麼，以及你可以如何運用這些意見，作爲你思考這個機會的參考。

我很喜歡這個技巧，而且曾經用在團體的活動上。這個技巧可以激發令人振奮的能量，讓人們滔滔不絕地談論他們重視的事物。

唯一要注意的，是配對的安排。有競爭關係的人不適合被排在一起，也不要把下屬和主管配在一起（他們的互動會很不自在）。根據我的經驗，把不同產業的人配對在一起，效果最好，因爲他們可以從截然不同的觀點來看問題。

．重．點．複．習．

✓ 向客戶、同事、團隊或是聽衆推薦自由書寫的技巧。但是，不要只是把它當作一個有趣的技巧來傳授，而是把它當作激發思維的方法，以解決某個問題。

✓ 讓自由書寫的內容保持私密性。要讓對方清楚知道，除非他願意，否則不必把書寫內容唸給別人聽。

【祕訣二十四】隨時留心身邊發生的故事

Notice Stories Everywhere

每當我爲了某個計畫而需要與某個人做訪談時，我總是希望受訪者能以說故事的方式來回答我的問題。這是因爲故事中隱含了具有特殊意義且未經處理的元素，還有意識層面未經過濾的回憶。

有些人對實際發生的故事有很好的記憶力。我最喜愛的作家是約翰・沃賀斯（John Vorhaus），他寫過多本推理小說和教導寫作技巧的書，也寫過如何在牌局致勝的文章。我曾經訪問過他，在訪談當中，我請他告訴我一些與寫作有關的小故事。以下是這些故事的節錄：

故事一

我在信箱裡看到了一個很大的信封，於是我將信封打開，把裡面的東西倒出來，結果發現那是我的書《喜劇工具箱》（*The Comic Toolbox*），但是被撕成了碎片，信封內還附上了一封信。寄這封信的人說，他從這本書得到的唯一收穫，就是把它撕成碎片的快感。

並不是所有人都會喜歡你寫的書。你沒有辦法控制這個部分，你只能接受它。但是，有一個部分是你可以控制的：你自己，也就是你的寫作。

故事二

我參加過一個街頭的活動，擺了一個賣書的攤子。結果沒有人在我的攤子前停下腳步。我不想一個人呆坐在那裡，於是開始問路過的人：「在你所知道的事物當中，你覺得最重要的是什麼？」有一個人對我說，這是他聽過最棒的搭訕手法。我記住了這件事。六個月後，我參加了一個品酒會，並且用這句話認識了一位女士，這位女士後來成了我的老婆。

沃賀斯在訪談中還告訴我許多其他的小故事。他是不是知道我要請他說幾個小故事，所以事先就準備好了？不是，我並沒有事先知會他。所有的小故事都是他當場隨口帶出來的。他的迷人表現令我想起盧．威利．史坦尼克（Lou Willett Stanek）曾說過的話：「故事只發生在會說故事的人身上。」

我們同樣在過日子，大多數的人往往連一個故事也說不出來。爲何會如此？因爲我們沒有這個需要。在我們的日常活動中，並不包括回想並轉述故事這個項目。

但沃賀斯就不同了，他是一個作家，他需要寫作的題材。他隨時隨地都把他看到的有趣畫面記在腦子裡，以備不時之需，運用這些畫面轉化爲一個個的小故事。

並不是所有的寫作內容都是在我們對著電腦或是拿著一枝筆時產生的。大多數的內容是在我們打開一個信封或是向異性搭訕時發生的。當你有寫作的意圖時，你就會開始留意身邊的事物，並發揮創造力。日常生活成了你的創作素材來源。

部落客都深諳這個道理。除了忙著寫書、拍短片、錄音和演講之外，大衛·米爾曼·史考特（David Meerman Scott）每星期還要發表三篇部落格文章。他曾經告訴我，他從不讓生活中的任何一件事白白溜走。發生在他周遭的每件事都會變成故事，出現在他的寫作中。

他說：「我在羅根機場時，發現到處都聽得到很大聲的音樂。機場以爲這是很好的服務，但是這些音樂其實讓人覺得很煩。現代人已經不需要公開播放的音樂了，我們有隨身聽和小筆電。當你爲了公事得打電話時，沒有人想要對著電話大吼，只因爲背景音樂太吵了。這樣的感想就可以寫成一則部落格文章。坐在機場裡，聽到並非出自我們意願的音樂，就可以寫成一則網路短文。」

安迪・歐洛克（Andy Orrock）在部落格上撰寫與薪資系統有關文章，他的文章專門討論與薪資系統設計和運作相關的問題。歐洛克說：

我把日常的工作情況都記錄下來。假如我覺得某個東西很有趣，我認為其他遇到類似問題的人也會覺得有趣。我的書寫模式是，「我遇到的問題是……針對這個問題，我發現了……我是這樣處理的……」讀者會覺得，「這家公司眞的了解我的情況。」他們會因此感謝我們。

事實上，歐洛克探討了各式各樣的系統問題，因此他的部落格很容易就會被搜尋到。

假如這個搜集故事與題材的原則，聽起來好像都和解決問題以及不愉快的經驗有關，那麼我必須表明，我不是故意的。生活中令人振奮的事件同樣也值得我們留心與注意。

凱特・普莫爾（Kate Purmal）擁有數學學位，她在企業擔任科技資訊部門的主管，同時也是管理顧問。由於工作與教育背景的關係，她一直是個實事求是的人。然而，當她學習自由書寫之後，她找到了一種方法，將生活的各種面向與他人分享。而讓她產生這種轉變的原因，其實是一個小故事。

有一天，普莫爾和她的小孩在自家後院玩，結果他們發現，家裡養的那隻三公斤重的虎斑貓貝拉正在爬樹。貝拉正盯著一隻停在高處的老鷹看，而那隻老鷹的體型是貝拉的兩倍大。

貝拉慢慢地接近老鷹，結果老鷹先發制人，向牠飛撲過來，於是貝拉趕緊退到隱密的樹叢裡。當老鷹降落在某個枝頭時，貝拉再次偷偷向牠靠近。這樣的來回攻擊持續了好幾分鐘。最後，貝拉疲倦地回到家裡，少了幾根羽毛的老鷹也飛走了。

這隻小貓不屈不撓的精神讓普莫爾深受感動，於是她決定要把這個小故事寫出來。這是她以前不會做的事。普莫爾說：

一般來說，我覺得寫這種小故事很丟臉，因爲它和工作無關。但是，基於某種理由，我知道這個故事很重要，我必須把它寫出來。自由書寫時的忘我狀態帶給我很大的信心。我把故事拿給朋友看，他們都很喜歡。從此，我開始寫部落格。我會寫與商業和科技有關的文章，但是我也會把類似「貝拉與老鷹」的事件寫成故事。

在生活中，你要隨時睜大眼睛，留意一些可以寫成故事的題材。一開始的時候，你可能會覺得很難找到值得寫的東西。但是請記住：假如你覺得某個小故事、小細節或是觀察心得很有趣，那麼它大概也會讓其他人感到有趣，因爲人們的相似處其實多於不同點。

假如你不確定你搜集到的題材是否足夠讓你展開寫作，那麼我要給你的建議是：現在就開始寫，而且要養成書寫的習慣。假如你每天進行自由書寫，你會發現當你開始書寫後，寫作題材就會源源不絕地湧現。有些題材會變成你創作的故事，有些題材則是你在生活中創造出來的。

·重·點·複·習·

✓當你開始為了公開發表而書寫時，你的想法會跟著轉變。你會從故事與題材的角度來看這個世界。你會更加留心周遭發生的一切。

✓**試試看這麼做：**

在下次進行自由書寫時，說說自己的故事。

[祕訣二十五] 建立點子資料庫

Build an Inventory of Thoughts

過去幾年來，我養成了勤於書寫的習慣。我寫的東西有些後來變成了書的內容、部落格文章或報章雜誌的評論。但是，正如你所想的，大部分時候，我進行書寫只是爲了要釐清自己的思緒。這是一種私人書寫。我書寫的目的不是爲了公開發表，至少那不是我當時的目的。

我不會把探索性書寫的內容刪掉，而是把它變成未來公開發表文章的肥料。我的方法是：

首先，我會把書寫內容全都看過一遍，看看裡面是否有任何我想保留的東西，好比點子、觀察心得、故事以及假設。由於想不出更好的說法，所以我把這些東西稱爲「思緒片段」。

當我找到有發展潛力的片段時，我就會把這段文字剪下來，貼在另一個檔案裡，這個檔案裡全都是主題相似的思緒片段。例如，假如某個書寫片段提到了企業定位的事，我就會把它丟進名爲「企業定位」的檔案中。假如某個片段談到了宣傳手法，我就會把它丟進名爲「宣傳手法」的檔案中。我有一個資料夾，裡面的檔案涵蓋了我常書寫的各種主題。這些檔案的名稱一點也不花俏，例如，「行銷策略」、「顧客經驗」、「銷售」、「現場簡報」、「寫作技巧」、「運動」、「笑話」、「童年」、「寵物」。每個文件檔案裡都有數十、甚至數百個主題相同的思緒片段。

順帶一提，這些思緒片段並不是零碎的片段，而是完整的想法。這一點很重要。假如我重讀某個十年前寫下的思緒片段，我也能馬上明白它的意思。例如，我的「企業定位」檔案中有一個片段：

許多人在被要求用一、兩句話來說明自己的事業時，總是會緊張不已。但是，我們其實早就知道該怎麼做了。這就像是談論電影一樣。假如有人問你，你剛看過的那部電影在講些什麼，你不會詳細敘述電影裡的每個場景，而是挑出某個最有代表性的東西來講：「它講的是，有一個機器人爲了要保護它的創造者，而回到了過去。」「那是一部關於極限滑板運動起源的紀錄片。」「那是丹尼爾．戴路易斯（Daniel Day-Lewis）的電影。」談論你的事業就和談論電影一樣，並沒有什麼不同。

我的「銷售」檔案中的一個片段：

要證明自己的說詞，最好的方法就是提供產品或服務的樣品。假如你賣的是花生，那麼就給對方一小包試吃品。假如你賣的是軟體，那麼就提供六十天的試用期。假如你是生產力的顧問，那麼就提供一個適用於這個潛在客户的小訣竅。你必須給別人一個毫無風險的試用機會，親自體驗你所要推銷的東西，不然的話，很多人會認爲，他們和其他人多少有些不同，你的產品或服務也許不適用於他們。

我的「寫作技巧」檔案中的一個片段：

我讀到了唐諾．墨瑞所說的一句話，這句話對我有如當頭棒喝。他說，假如他得到了一份稿酬極高的寫作工作，他就以下列這種方式完成：四個星期的研究，兩個小時的書寫，兩個星期的改寫。眞沒想到，在他的寫作過程中，寫初稿竟然只是一個極短的步驟。

我的「現場簡報」檔案中的一個片段：

我學到了一個在團體會議中打破僵局的好方法。準備工作：買一個海灘球，在上面用黑色麥克筆寫滿一百個有趣或是尖銳的問題，例如：「你希望自己從來不曾認識哪個人？」「人們覺得你哪一點最迷人？」「哪個最新的潮流最令你百思不解？」會議開始進行時，請所有人圍成一圈站好，然後把球隨便丟給一個人。接到球的人要大聲說出自己的姓名，並且回答最靠近左手拇指的那個問題。然後，這個人再把球丟給另一個人，以此類推，每個人都會輪到。一個與美感有關的注記：我會從不同的角度，把各種問題用不同大小的字體寫上去，這樣看起來比較有美感。

我的「童年」檔案中的一個片段：

我還記得在我五、六歲時，曾經抱著一盒麥片從超市跑回家，因爲我以爲盒子裡會有很棒的玩具。是太空船？還是士兵？我已經不記得了。總之，我跑進廚房，找到媽媽用來做燉牛肉的銀色鍋子，然後把盒子裡的麥片全都倒進鍋子裡，我覺得這樣比較容易找到我要的玩具。結果，我錯了，裡面根本沒有玩具。你必須先把盒子上的購買證明封條寄回去，才能得到玩具。後來整整二十年的時間，我不曾再買過任何一盒那個牌子的麥片。

現在，當我進行計畫時，我會打開適當的檔案，沉浸在思緒片段的天堂裡，因爲裡面有好幾百個片段可供我使用。有時候，我會把某個思緒片段原封不動地放進我正在寫的東西裡。有時候，我會加以修改，或是把好幾個片段結合起來。另外，我也會運用思緒片段作爲探索性書寫的開端。

簡言之，我的電腦裡有一個點子資料庫。我會預先儲存點子、故事和散文在裡面。當我在檔案中找到合用的片段時，我會覺得自己好像作弊一樣，不過既然我只是在抄襲我自己以前寫下的東西，罪惡感很快就消失了。

運用這個方法可以幫助你更順利、更快速地完成書寫，同時也讓你的書寫內容更加眞實。這是因爲你所使用的片段是你先前思考處理過的東西，不是你缺少靈感而勉強寫出來的東西。

運用思緒片段的其他提醒：

資料庫裡的東西要先經過整理，不可以抱著「我的電腦裡到處都有點子，需要的時候再找就好了」的心態。這種作法潛藏著禍端。當你有需要的時候，你會覺得時間壓力很大，也因此有百分之九十的可能，你會找不到你要的東西。你要在點子浮現時就加以歸類整理；自家的草坪要時常整理，這樣才能永保青翠。

這種作法的附帶優點：你對點子和故事的印象會比較深刻。當你將思緒片段整理歸檔時，你必須花精神加以處理與判斷，於是這些素材會主動儲存到你的腦子裡。

有時候，某個片段很難加以歸類。沒問題，只要在每個相關的檔案裡都放一個副本就好了。

當我在檔案中搜尋，找到某個可用的思緒片段時，我會問自己兩個問題：一、這個片段和我正在寫的主題有什麼關係？二、根據這個片段，我可以發展出什麼樣的文章？

懂了嗎？思緒片段可以幫助我完成正在進行的工作，或是成爲我書寫另一篇作品的起點。

當你檢視書寫內容時，在你把看似毫無新意的片段刪除之前，請先三思。今日司空見慣的事物，有可能在明天變成黃金。例如，在我爲企業定位的方法整理出一套自己的系統之前，我一直靠直覺來處理這類的工作。所幸，當時爲客戶尋找定位時所進行的自由書寫內容，我一直保留著，即使有許多部分在當時看起來是顯而易見的道理。後來當我重讀那些書寫內容時，我找到了遺忘已久的心得感想，那些心得幫助我創造出很棒的流程。

我擔心你誤以爲這種善用思緒片段的方法，只能運用在自由書寫上，其實不然。這個方法有時候完全不需要用到自由書寫。偶爾我在開車時會突然靈光一閃，我會在稍後找時間把這個靈感放進某個合適的檔案中。又或者，我寫了一些後來發現不能採用的東西，但是我會把其中能用的片段剪下來，貼在合適的檔案中。每個有趣的點子都應該被留存在你的檔案裡，不論你是怎麼得到這個點子的。

我留存在檔案中的思緒片段通常不長：從幾個句子到四分之三頁的篇幅都有。但是，說眞的，長度其實沒有任何限制，長達數十頁都沒關係。我是在一九九七年與雷・布萊伯利聊天時，發現這件事的。《火星紀事》（*Martian Chronicles*）是布萊伯利的突破之作，但在布萊伯利的眼中，它同時也是一本「意外寫成的小說」。爲什麼說是意外寫成的？其實，布萊伯利原本並沒有打算要寫一本書，他當時寫的是各自獨立的短篇故事。後來有一個名叫沃特・布萊伯利（Walter Bradbury）（和作者布萊伯利沒有親戚關係）的編輯看了這些故事，建議他把這些故事的背景設定在火星，然後以小說的形式出版。布萊伯利將這個建議放在心上。之後，他把其他多個短篇故事結合起來，寫成了《蒲公英酒》（*Dandelion Wine*）。另外，他從自己寫的故事、詩與劇本中擷取概念，寫成了《綠影白鯨》（*Green Shadows, White Whale*）。以布萊伯利的情況來說，他的思緒片段是以故事爲單位。他將這些片段加以排列組合，創造出了新的作品。

因此，當你檢視自己的書寫內容時，不要替自己設限。不論片段長短，你唯一要考慮的，是如何將它們融合在一起。

・重・點・複・習・

✓ 假如你寫出來的東西可以利用，為何要將它丟棄呢？你可以將自由書寫的內容切成多個片段，分別丟進各個適當命名的檔案裡。

✓ 運用思緒片段的兩個方法：一、將它加入你正在寫的作品裡；二、作為另一個作品的起始概念。

✓ **試試看這麼做：**

現在，花一個小時的時間，把你的自由書寫內容看過一遍，並開始製作你自己的思緒片段收錄檔案。針對你最常書寫的主題，成立各種檔案。

【祕訣二十六】爲自己量身打造一套原則

Write Your Own Rules

即便是鼎鼎大名的作家海明威，也沒有辦法一坐下就開始寫作。他需要一些規則來支持他不斷寫下去。

他有一個規則和創作的字數有關。他規定自己每天一定要寫五百至一千字，不論那天是否生病，或寫作是否順利。他甚至在牆上放了一個板子，專門用來統計字數。他的另一個規則是，每天寫作結束時，最後一個句子只能寫一半。最後的思緒必須懸在那裡，直到下次寫作時才加以完成。

字數要求，以及不要把最後的句子寫完，海明威爲何要使用這些小花招？

面對寫作，就連海明威也會望之卻步。要掌握適當的用字與情節安排，是一件極爲困難的事。然而，在可以掌握每次寫作的開頭（「我必須完成昨天沒寫完的那個句子」）與結尾（「我可以在五百至一千字之間停下來」）的情況下，他就有信心面對前方未知的創作長路。

當然，海明威並不是唯一需要寫作規則的人。假如我們在開始寫作之前就知道自己該做些什麼，而且知道自己辦得到，那麼我們的寫作之路就會走得比較順暢。

假如我沒有預先規畫好一天的寫作時程，我就會拖拖拉拉的，遲遲不肯動筆。我會和我的狗兒玩，回覆電子郵件，甚至把洗碗機裡的碗盤收進櫥櫃裡。這種拖延心態並不是刻意的，而是潛意識的怯懦在作祟。有時候，我可能一整天連一個字也寫不出來。

在頭腦清醒的日子，我會在這種拖延心態出現之前，設法擺脫它。就像海明威一樣，我會爲自己訂下一些規則。通常，我會在前一晚，根據我想要達成的目標，決定次日要遵守那些規則。

假如我決定要輕鬆寫作，那麼我的規則就類似跨欄選手的暖身動作，我只做可以讓自己放鬆的事。

我可能會使用的暖身活動之一，就是唱反調遊戲。這是我從沃賀斯的《喜劇工具箱》裡學到的概念。這個遊戲的目的，是幫助人們寫出情境喜劇或是其他喜劇的腳本。解釋這個原則需要花一點時間，但是實際做起來既簡單又好玩。

首先，先寫下一個人或地或物的名稱。不需要花費太多想像力，一般的東西就可以。

接下來，把這個東西變成它的相反物。什麼意思呢？假設你一開始寫的是「黑貓」。那麼，牠的相反物可能是什麼？由於大家對於黑貓的相反物沒有普遍的共識，所以你有很多可能的答案。「白」可以是「黑」的相反，而「狗」可以是「貓」的相反。因此，「白狗」可以是「黑貓」的相反物。

但是，你也可以採取迷信的訴求：假如黑貓被視爲厄運的象徵，那麼黑貓的相反物就是「好運」。於是，你就要寫出：「幸運的黑貓。」

假設你接下來寫的是「臭鼬」，人們一般會把什麼和臭鼬聯想在一起？一種強烈的臭味。那麼，它的相反物可能是什麼呢？好聞的味道，甚至是香味。所以你可以寫下：「噴了香奈兒五號香水的臭鼬。」

你可以繼續玩下去，先寫下一些詞彙，然後再把它變成嚴格或鬆散定義下的相反物。以下是一些例子：

害怕公開演說的政治人物
正經八百的喜劇演員
穿燕尾服工作的工人
讓你一夜好眠的喉嚨痛

砂紙做成的衛生紙
玻璃吹出來的錘子
沒有標示字母的電腦鍵盤
渾身上下保持乾燥的魚
吸水之後還原成葡萄的葡萄乾
裡面塞了梅乾的千層麵
降下煤油的烏雲
沒有國旗的國家
以亞麻籽爲基礎的經濟結構

當然，上列事物的相反物還有很大的想像空間。以最後一個例子「以亞麻籽爲基礎的經濟結構」來說，直到一九七〇年代初期，全球經濟結構還是以金本位爲主。因此，我想顚覆的是這個概念。亞麻籽是黃金的相反物嗎？有可能。黃金是一種極具價值的堅硬金屬，而亞麻籽是一種幾乎（相較之下）一文不值的脆弱植物。對我來說，這是合理的答案，至少對這個暖身活動來說是如此。

請注意，當你選擇的詞彙愈明確時，它的相反物就愈有趣。因爲大部分的千層麵裡面塞的是肉類或蔬菜，所以塞了水果的千層麵也可以算是相反物，而塞了梅乾的千層麵差別就更大了。

當我玩唱反調的遊戲時，我會設定二十分鐘的時間限制。否則，我有可能會玩上一整天。這種遊戲可以讓你從截然不同的角度來看事情，而且讓你心情愉快。

暖身之後，我就會開始處理正事。當然，這個部分也有規則可循。

假如我想要激發新點子，我會採用的規則之一，就是先進行腦力激盪。但是我要激盪的不是解決方法，而是問題——我所能想到、與主題有關的所有問題。爲什麼要針對問題進行腦力激盪呢？

一想到要想出解決方法，可能會讓人焦慮不已。於是，我們往往會陷入「這些解決方法太糟糕了，我已經江郎才盡，永遠也找不到答案」的思維。然而，針對問題進行腦力激盪，卻是件輕而易舉的事。你的答案永遠不會錯。

我會腦力激盪出什麼樣的問題呢？不經思考，從任何角度想出來的任何問題都可以。

假設我想要爲某個產品想出一個行銷活動，我會提出什麼樣的問題呢？

這項產品的功用是什麼？

爲什麼要開發這項產品？
它在哪方面比市面上其他類似的產品還要好？
哪方面比別人差？
什麼人可能會購買這項產品？
他們爲什麼會購買這項產品？
爲什麼有人會對這項產品沒興趣？
爲什麼有人會討厭它？
爲什麼有人會喜歡它？
人們要如何得知這項產品的存在？
要如何創造口碑？
人們要透過何種管道購買這項產品？
在人們購買這項產品的五分鐘前，他們在做什麼？
這項產品的包裝怎麼樣？
它的型號是什麼？
庫存有多少？
它的生產速度有多快？

它的製造成本是多少？
它的運送方式是什麼？
包含哪些品質保證？
要如何處理退貨？
我們有哪些資源可應用？
我們缺乏哪些資源？
行銷這項產品的最糟方法是什麼？
行銷這項產品的最佳方法是什麼？
我最擔心的是哪個部分？
我最放心的是哪個部分？

假如給我二十分鐘的時間，我大概可以想出一百多個問題。當我把問題化爲文字後，就可以決定該回答哪些問題。

假如在暖身和激發新點子方面有規則可循，那麼在寫作方面就更是如此了，我有一大堆規則。

其中一項規則是，把寫作和修改的步驟分開來做。假如你試著要同時進行書寫與修改，最後你一定會瘋掉的。大衛．泰勒（David Taylor）把這種瘋狂的舉動稱之爲「工作超載」，這個說法淺顯易懂。寫作是一項工作，而讓作品有如行雲流水般流暢是另一項工作。想要同時兼顧這兩項工作，會讓你的腦袋超載。結果就是，你的腦子會停擺，就像電腦接受過多指令時會當機一樣。

因此，我會提醒自己：不要讓自己工作超載，一次只能做一件事。先想點子和寫東西。隨意發想一堆東西，用字不須講求正確。寫完之後，再來決定哪些東西要留，哪些東西要丟，以及如何讓作品讀起來更通順。

關於寫作的規則，我還有最後一些想法：

我想說的是，假如你已經有一套可行的方法，那麼就立刻開始寫作。假如沒有，就試著爲自己建立一、兩個規則，讓自己的思考與行爲有規則可循。訂定規則可以督促你開始寫作，而且會讓你持續寫下去。如此一來，你就不會一直問自己：「我接下來該做什麼？」

規則包含了許多東西，例如：可嘗試的練習、可遵循的技巧、可完成的工作、可引導你的哲理，或是可以支持你的其他設計。這些規則必須是可執行而且可衡量的。它的主要功能不是帶給你自信與平靜，而是幫助你寫出東西來。

你使用的規則必須簡單不複雜，而且是你可以做到的（成果好不好又是另外一回事了）。列出大綱是一個好的規則；以第二人稱的角度來寫作，也可以是一個好的規則；告訴自己，在一天的書寫結束時，要寫出五個版本的文章起頭，也是一個好的規則。然而，要求自己寫出來的東西必須要能夠改變你的人生，就是一個不好的規則。

你可以盡情自由發揮，爲自己設計一套遊戲規則。這些規則的功能，在於幫助你將注意力集中在具體可行的事物上。此外，在遵守規則的同時，我們也有可能完成其他的東西。比如說，假設你要寫一篇財務管理方面的文章，眼看截稿日已經快到了。於是，你給自己訂了一個規則：你要設法把「美乃滋」、「雨刷」和「火星」這三個詞彙寫進這篇文章裡，藉由這種方式，把這項有時間壓力的寫作工作，變成了一個遊戲。這是一個特別且可能有效的規則，因爲你很可能會在遵守規則的同時，也把文章寫出來了。

·重·點·複·習·

✓在寫作的前一天，給自己一些簡單、容易遵循的規則，讓自己有個專注的焦點。

✓不同的創作階段需要不同的規則。你可以為暖身、激發點子、正式寫作等階段訂下不同的規則。然而，千萬不要因為這些規則，而變得綁手綁腳的。訂定規則的目的是為了幫助自己，好的規則可以讓你加速完成該做的事。

✓**試試看這麼做**：

想出一個寫作的規則，現在就試試看。假如你一時想不出任何規則，那麼就試試看這個：針對某個問題，把所有最糟糕的解決方法都列出來，就是那些愚蠢、不可行、丟臉、令人不快或是危險的點子。

【祕訣二十七】從自己著迷的事物著手

The Fascination Factor

我的身分之一，是寫作指導教練，我教導商界人士如何寫書。在典型的初次會談中，我的客戶通常不知道該以什麼作爲書的主題，於是他們就會開始猜測。他們告訴我，他們覺得市場需要什麼樣的書，以及他們可以推出什麼樣的書。接著他們就拋出一些可能的主題，但是我會制止他們這麼做。

每本書都需要讀者，因此思考可能的讀者是哪些人，是一件重要的事。出書也可以幫助作者達成事業上的目標，所以從策略的角度去思考如何利用一本書讓事業更上一層樓，也很有道理。然而，太早考慮這些層面的問題，只會產出一本平凡無奇的書。

作者常常會把關注焦點放錯地方。他們關注的不是自己最擅長的事物，也不是讀者最想聽的東西，而是努力想猜透讀者的喜好，寫出一本自以爲符合市場期待的書。

這個情況讓我聯想到一齣情境喜劇，美國版的《辦公室風雲》（*The Office*）。劇中有一幕，當主角安迪被調職後，他想要討新老闆麥可的歡心，於是就巧妙地模仿老闆的用詞和語調。一開始的時候，麥可很喜歡安迪，因爲他們兩個人似乎非常相像。但是，經過一段時間，安迪的模仿行徑開始惹人厭煩，因爲他無法自己作決定，總是跟隨老闆的腳步。

在影集裡，這種哈巴狗式的行徑惹人發笑。但在現實世界中，這是一種很可悲的行爲。假如你想要寫一本有原創性、有價值的書，藉此展現自己最傑出的一面，那麼你就必須採取主導的態度。

誠如艾瑞克．梅西爾（Eric Maisel）所說的，寫書可以創造意義。你要把一個原本不存在的東西帶到這個世界上，你可以決定什麼是適合的，什麼是不適合的。請把自己想成一個過濾器。你在這個世界上的生活經驗，累積了無數的體驗、想法、故事與回憶，對你來說，這些東西都是獨一無二、意義重大的。因此，你的書應該從你腦子裡的這個資料庫出發。從這個豐富的寶庫中擷取部分精華，你就可以創造出一本刻有你的個人印記，而且是世上絕無僅有的書。

每當我與客戶進行討論時，我會請他們把別人的想法和自己的成就都先暫時放到一邊，接著我會要他們列出一個清單。什麼樣的清單呢？在生活中令他們感興趣的所有事物，不論是現在或是過去。我指的是像這樣的清單：

- 事實
- 驚喜
- 對話
- 數字
- 回憶
- 藝術
- 精闢見解
- 營運模式
- 戲劇
- 偏見
- 角色模擬
- 書籍
- 趣聞軼事
- 網頁
- 電影
- 寵物哲學
- 部落格
- 電視節目
- 經歷
- 場景
- 個案研究
- 夢境
- 爭議
- 怪誕的想法
- 類比
- 詩歌
- 流程
- 笑話
- 方法
- 謎語
- 假設
- 神話故事
- 風險
- 旅遊經驗

不論好壞、大小、重要或瑣碎，只要是他們覺得應該列出來的，就要毫不猶豫地加入清單中。不需要考慮爲什麼某些事物會令他們著迷、這些事物是否有寫成書的價值，或是和他們的核心事業是否相關。他們唯一要做的，就是把自己有感覺的事物、令他們覺得閃閃發亮的事物，全都列出來，不管理由爲何。

我們在玩一個遊戲：把浮現在腦海中的一切，都視爲有潛在價值的書寫題材。我要客戶以他們喜歡的任何方式來列這個清單。我建議他們結合自由書寫和作白日夢，在一天當中的任何時候進行這件事。列出清單後，再開始思考潛在讀者與目標的問題。

什麼人是可能的讀者？這群人和其他人有何不同？我的客戶有資格告訴他們什麼事？這些讀者需要知道哪些事？他們最需要的是什麼東西？他們最想透過我的客戶，得到什麼樣的解決方法？哪些解決方法可以幫助我的客戶，往事業目標邁進一步？什麼樣的書可以讓讀者得到他最想要的東西？市場上需要什麼樣的書？

討論過上述問題後，我們會開始研究這份清單，把清單上的事項加以調整：移動位置、增加項目、加以歸類、尋找主題。相信我，我們眞的可以找到主題。就像愛德華．塔夫特（Edward Tufte）所說的：「整理資料會帶來精闢見解。」只要把現有的東西排列組合一番，就可以得到新的觀點。

從這些充滿力量的事物中，我們可以找出書寫的主題，以及大部分的材料。這些材料來自客戶內心最眞誠的部分，來自銘刻在他們大腦中、令他們永難忘懷的記憶。

利用這種方法，所有人的需求都被照顧到了，包括作爲意義創造者與商界成功人士的作者，以及讀者。

現在，可以開始寫作了。如此寫成的書，比較有機會成為對讀者有用、對作者有意義的書。

順帶一提，這種方法不限於寫書。任何想說故事的人，都可以使用這個方法，不論所採用的媒介是什麼。重點在於，找出大量的題材，加以裁切處理，篩選出最棒的部分來運用。

・重・點・複・習・

- ✓ 假如你想寫出好的作品，不要先考慮市場狀況，因為它有可能會把你帶往一千個方向，導致你不知所措。因此，你該做的，是檢視令自己著迷的事物，那些你深深喜愛且無法忘懷的事物。然後列出清單。
- ✓ 在這份清單中，尋找書寫主題以及特別令你振奮的題材。要到這個階段，你才可以開始考慮市場的問題。
- ✓ 運用這些充滿個人印記的豐富題材，再加上對讀者的了解，創作出一本獨一無二的作品。

【祕訣二十八】自由書寫直到作品完成

Freewrite Your Way to Finished Prose

《顧問的天職》（*The Consultant's Calling*）以及《清清醒醒過一生》（*Your Signature Path*）的作者傑弗瑞・貝爾曼，是一個思慮成熟的商業書作家。我曾問過他，他的書是怎麼寫出來的。他說，他一開始並沒有打算要寫書，只是進行探索性書寫。你可以說，他的書是一路自由書寫出來的。

每當貝爾曼進行書寫時，他會先釐清自己正在思考的主題是什麼，暫時不去考慮該如何讓其他人了解自己的想法。他不希望把文字變成生財、出名或是說服別人的工具。他認爲太早考慮這些問題，會帶來負面的效果，因爲它們會阻礙作者創造出有意義的作品。

在進行每次大約四個小時的自由書寫時，貝爾曼會讓思緒領著他走。他先設定一個主題，例如「諮商」或「組織」，然後開始與自己進行紙上對話。他會追隨離題的思緒，完全不去想寫作風格與修改的事，也不回頭看自己剛剛寫出來的東西。

當他寫了十頁的內容後，一天的工作就算結束了。

經過四至六週，他大約已經寫了兩百至三百頁的內容。他會把這些文字印出來，重頭讀一遍，然後自問：「我在這裡到底想說什麼？哪些是對我有用的東西？哪些是對別人有用的東西？哪些是垃圾？」

直到貝爾曼認爲自己有重要的概念想要表達時，他才會考慮將這些文字變成書稿。他會檢視自由書寫的原始內容，找出可以作爲書籍架構的材料。他說：「當然，我不會給讀者一堆骨頭。」他會把這些材料組裝成書的骨架。他要決定哪些概念是最重要的，哪些可以成爲撐起全書的主幹。

到了這個階段，貝爾曼會檢視自己創造出來的成果，然後自問：「我是否提供了足夠的內容來說明我的概念？」假如答案是肯定的，他就會繼續添加內容，並加以修飾。假如答案是否定的，他就會把這些東西全都捨棄掉。

貝爾曼和其他作者共同著述時，他甚至會採取邊寫邊想的方法。《不凡的團隊》（*Extraordinary Groups*）的創作就是一個很好的例子。貝爾曼和同事凱瑟琳·萊恩（Kathleen Ryan）一同討論合作寫書的計畫。他們只知道這本書是以團隊爲主題，至於其他的內容，他們就毫無概念了。於是萊恩著手研究，尋找可以放入書中的概念與故事。而貝爾曼則開始進行探索性書寫。他說：「我希望在聽取別人的意見之前，先弄清楚自己的想法。」在寫了大約一百頁的內容之後，他看到了可以與大眾分享的東西。

我自己寫書和寫文章的方式也和貝爾曼類似。我會先進行探索性書寫，不過並不是無窮無盡地探索，而是遵守一些步驟和時間的限制。

假設我要寫一篇文章。我會做的第一件事，就是用十分鐘的自由書寫讓自己先暖暖身，也許進行個兩、三段書寫。一般來說，我不會碰觸和工作有關的主題。我的書寫主題通常是我注意到的某件全球大事、某個夢境、某個我想起來的故事、某個我看過的電視節目。我可能會玩一下唱反調的遊戲（參見第二十六章），或是採取引導句的方法（參見第八章）。

暖身過後，我會針對文章的主題進行五、六段自由書寫。我會把我所知道的一切都丟到紙上，並且強迫自己每次都朝不同的方向思考，尋求不一樣的元素。此時我會運用詞彙解析、列出最糟的點子、進行紙上對話之類的技巧。

你應該知道，這個時候我還不算眞的開始寫作。我寫出來的不是流暢的文句，而是概念而已。我就像是個在玩泥巴的孩子。假如此時有好的文句出現，那就是額外的收穫，不在我的預期之中。

當我完成自由書寫後，我會看過一遍內容，去蕪存菁。不好的部分（語意不清、離題和偏頗的見解）我會加以刪除或放到其他檔案中，作爲未來之用（參見第二十五章）。好的部分（切題的概念、有趣的語句、值得深入探索的嘗試）我會編排成大致上合理的順序。我們暫且將這個成果稱之爲「主文件」。

我需要對於這個主文件的內容，以及還要添加的部分，有個清楚的概念。於是我會拿出筆記本和筆，把主文件看一遍。每讀一段，我就在筆記本中將這個段落的主旨用一個句子加以摘要。

假如我寫的是一篇與電梯簡報*有關的內容，而我寫了以下的文字：

> 當別人問你，你的職業是什麼，而你不知道該怎麼回答時，是很丟臉的一件事。你當然知道自己的職業是什麼，而且你做得很好，但不知怎的，當你用語言表達的時候，就是詞不達意。你明明就比自己描述的好很多。這個情況讓你恨不得有個地洞可以鑽下去。不知道該如何以清楚且有趣的方式介紹自己，會讓你的事業蒙受金錢上的損失，以及信心的動搖。

我會把上述這段話簡述爲：「不知道該如何介紹自己的工作，是一件很丟臉的事，而且會讓你蒙受金錢的損失與信心的動搖。」

爲所有的段落都寫下摘要之後，我會把所有的摘要文句讀過一遍，看看還有什麼需要補充之處，接著再把我想到的句子加入適當的地方。

完成這個動作之後，我的手中就有一份大綱。這份大綱來自我對概念的深入思考，而不是出於形式所做的大綱。

根據這份大綱，我就可以開始寫初稿了。初稿裡面應該包含什麼呢？我可能會針對前幾次書寫遺漏的部分，再次進行自由書寫，然後把其中最好的部分剪貼到主文件裡。只要有需要，我會不斷重複這些流程：重寫、剪貼與修飾。

我不會花太多心思與時間在任何一次的書寫上。我的同事巴利．塔西斯（Barry Tarshis）把這種作法稱爲「沾醬油」。花一點時間處理主文件，然後把它放下，去做別的事。過了幾分鐘、幾小時、甚至幾天之後，再回來進行一些加工。如此不斷重複這個循環。「沾醬油」的好處是：每當你對主文件進行加工時，比較能夠以新的觀點與重新燃起的熱情來面對它，不會因爲長時間處理而產生盲點。

完成一篇文章要花多久時間呢？我的答案是：視情況而定。我會根據文章要求的長度、有多少額外研究需要進行，以及我還有多少既有的材料可用，來決定何時

＊編按：電梯簡報（elevator speech）也有人說是電梯行銷，指的是如果哪天你在電梯裡巧遇某個重要人物，也許是潛在的投資人或值得請益的前輩，你要如何善用在電梯裡短短的幾秒鐘時間，有效地把你的想法重點說出來。

可以完成作品。不過我沒有任何一件作品是完全完成的，因爲我總是可以再增減一些東西。只要有機會，即使是大文豪，也會不斷修改自己的作品。詩人惠特曼（Walt Whitman）一共出版了六個不同版本的《草葉集》（*Leaves of Grass*）。狄倫·湯瑪士（Dylan Thomas）在台上朗讀時，還會當場修改自己的作品，甚至是莎士比亞的作品。

決定我何時完成作品的最關鍵因素是截稿日。我會問向我邀稿的人：「你什麼時候要這篇文章？」假如他說這個星期三，我就給他這個星期三的版本；假如他說下星期五，我就給他下星期五的版本。由於我有比較多的時間可以處理下星期五的版本，這表示下星期五的版本會比這星期三的版本更好嗎？我很想這麼說，但事實不一定如此。根據我對自己的了解，只要給我時間，我就會把作品拿來加工，因此有可能在無意間破壞了原有的文章。寫作就是這麼好玩。

·重·點·複·習·

✓ 自由書寫是一種放任思考天馬行空的技巧，它超越了傳統的寫作原則，激發出令人驚喜的結果。儘管如此，你也可以利用它來創作一個精緻洗鍊的作品。

✓ 運用自由書寫進行創作的方法是：先做幾個暖身的自由書寫。接著針對某個有意義的主題，進行自由書寫。把不好的部分丟掉，將剩下可用的部分重新排列組合，寫出大綱，讓自己對已經寫成的部分有清楚的概念。加入補充的東西與連接詞。編輯、編輯、再編輯。作品就完成了！

✓ 即使是已經完成的作品，你仍然可以盡情地加以修改。你應該知道，作品永遠沒有真正完成的一天。星期三時，就把「星期三的版本」交出去吧！

✓ **試試看這麼做：**

馬克．鮑登（Mark Bowden）曾說，一個作家應該永遠都在進行最有企圖心的作品。什麼樣的書寫計畫最能激發你的潛力，也最令你振奮呢？現在就開始運用自由書寫來幫助你吧！

參考書目

祕訣一：輕鬆試

Kriegel, Robert J., and Louis Patler. *If it Ain't Broke……Break IT!—and Other Unconventional Wisdom for a Changing Business World.* New York: Warner Books, 1991. p. 61.

祕訣二：不停地快寫

Bradbury, Ray. *Zen in the Art of Writing: Releasing the Creative Genius within You.* New York: Bantam Books, 1990. p. 13.

祕訣三：設下時限

Palahniuk, Chuck."13 Writing Tips" at http://chuckpalahniuk.net/workshop/essays/chuck-palahniuk.

祕訣四：以思考的方式進行書寫

Macrorie, Ken. *Writing to Be Read*, Revised Third Edition. Portsmouth, NH: Heinemann, 2006. pp. 207-213.

祕訣九：詞彙解析

Owen, Harrison. *Expanding Our Now: The Story of Open Space Technology.* San Francisco: Berrett-Koehler, 1997. pp. 69-70.

祕訣十：放下自己的聰明才智

Macrorie, Ken. *Telling Writing*, Fourth Edition. Portsmouth, N.H.: Heinemann, 1985. p. 45.

祕訣十一：抽離的價值

Schneider, Pat. *The Writer as an Artist: A New Approach to Writing Alone and with Others*. Los Angeles: Lowell House, 1994. p. 14.

Hugo, Richard. *The Triggering Town: Lectures and Essays on Poetry and Writing*. New York: W. W. Norton, 1979. p. 4.

祕訣十三：一百個點子比一個點子更容易取得

Stafford, William. *Writing the Australian Crawl: Views on the Writer's Vocation*. Ann Arbor: University of Michigan Press, 1978. p. 18.

Murray, Donald. *Writing for Your Readers: Notes on the Writer's Craft* from the Boston Globe, Second Edition. Old Saybrook, CT: Globe Pequot Press, 1992. p. 66. 墨瑞說他會爲每篇雜誌文章寫出五十到七十五個開頭方向，而我認識一個和他一塊兒共事的記者，他說墨瑞也是這麼告訴學生的。

祕訣十六：將問題付諸紙上作業

Schank, Roger, with Peter Childers. *The Creative Attitude: Learning to Ask and Answer the Right Questions*. New York: Macmillan, 1988. pp. 91-126.

祕訣十七：書寫馬拉松

Bradbury, Ray. *Zen in the Art of Writing: Releasing the Creative Genius within You*. New York: Bantam Books, 1990. p. 13.

Carlson, Ron. *Ron Carlson Writes a Story*. Saint Paul, MN: Graywolf Press, 2007. p. 15.

Messer, Mari. *Pencil dancing: New Ways to Free Your Creative Spirit*. Cincinnati: Walking Stick Press, 2001, p.37. （我第一次看到「書寫馬拉松」這個說詞是在這本書中。）Elbow , Peter. *Writing With Power: Techniques for mastering the Writing Process*. New York: oxford University Press, 1981, p.59.

祕訣十八：自我質疑

Whyte, David. Drawn from an interview with the author.

祕訣十九：據實書寫的魔力

Wolfe, Tom. *The Kandy-Kolored Tangerine-Flake Streamline Baby*. Reprinted edition. New York: Bantam, 1999. p. xii.

Elbow, Peter. *Writing with Power: Techniques for Mastering the Writing Process*. New York: Oxford University Press, 1981. p. 336.

祕訣二十：從商管書中擷取精華

Hudson, William J. *Intellectual Capital: How to Build It, Enhance It, Use It*. New York: John Wiley & Sons, 1993. p. 212.

Crosby, Philip. *The Absolutes of Leadership*. San Francisco: Jossey-Bass, 1996. p. 78.

祕訣二十一：你專注什麼就成爲什麼

Bellman, Geoffrey M. *The Consultant's Calling—Bringing Who You Are to What You Do*. San Francisco: Jossey-Bass, 1990. p. 129.

祕訣二十二：與他人分享未臻成熟的想法

Brogan, Chris, and Julien Smith. *Trust Agents: Using the Web To Build Influence, Improve Reputation, and Earn Trust*. Hoboken, NJ: John Wiley & Sons, 2009. p. 71.

祕訣二十三：幫助他人發揮思考能力

Barez-Brown, Chris. *How to Have Kick-Ass Ideas: Shake Up Your Business, Shake Up Your Life*. New York: Skyhorse Publishing, 2008. pp. 140-141.

祕訣二十四：隨時留心身邊發生的故事

Vorhaus, John. Drawn from an interview with the author.

Stanek, Lou Willett. *So You Want to Write a Novel: A Direct, Practical, Step-by-Step Guide for the Aspiring Author*. New York: HarperCollins, 1994. p. ix.

Scott, David Meerman. Drawn from an interview with the author.

Orrock, Andy. Drawn from an interview with the author.
Purmal, Kate. Drawn from an interview with the author.

祕訣二十五：建立點子資料庫

For the icebreaker, see http://www.residentassistant.com/games/icebreakers/beachball.htm.
Bradbury, Ray. Drawn from a discussion with the author.

祕訣二十六：爲自己量身打造一套原則

Linscott, Roger Bourne.“On the Books.” See http://www.timelesshemingway. com/faq/faq5. shtml.
Vorhaus, John. *The Comic Toolbox: How to Be Funny Even When You're Not*. Hollywood, CA: Silman-James Publishing, 1994. pp. 21-22.
Taylor, David.“Fighting Writer's Block—Part 1: Causes and Cures.” http://www.writing-world.com/basics/block1.shtml.

祕訣二十七：從自己著迷的事物著手

NBC. *The Office*, Season 3, Episode 8: “The Merger.”
Tufte, Edward. *Visual Explanations: Images and Quantities, Evidence and Narrative*. Cheshire, CT: Graphics Press, 1997. p. 9.

祕訣二十八：自由書寫直到作品完成

Bellman, Geoffrey M. Drawn from an interview with the author.
Whitman's many editions are discussed at http://www.whitmanarchive. org/published/LG/index.html.
For Mark Bowden, see Heidi Benson. “Black Hawk' author found untold story” (SFGATE, February 09, 2003) at http://articles.sfgate. com/2003-02-09/books/17477347_1_atlantic-books-majorpublisher-nonfiction.

國家圖書館出版品預行編目資料

自由書寫術：行銷、企畫、簡報、文案創意滿分的28個技巧
馬克・李維Mark Levy 著　廖建容 譯
二版. -- 臺北市：商周出版：城邦文化事業股份有限公司出版：英屬蓋曼群島商家庭傳媒股份有限公司城邦分公司發行
2023.10　面；　公分
譯自 **Accidental Genius**: Using Writing to Generate Your Best Ideas, Insight, and Content

ISBN 978-626-318-890-7 (平裝)

1.CST: 英語 2.CST: 寫作法

805.17　　112016538

自由書寫術：行銷、企畫、簡報、文案創意滿分的 28 個技巧

原著書名／**Accidental Genius**: Using Writing to Generate Your Best Ideas, Insight, and Content
作　　者／馬克・李維 Mark Levy
譯　　者／廖建容
責任編輯／陳玳妮
版　　權／林易萱

行銷業務／周丹蘋、賴正祐
總 編 輯／楊如玉
總 經 理／彭之琬
事業群總經理／黃淑貞
發 行 人／何飛鵬
法律顧問／元禾法律事務所 王子文律師
出　　版／商周出版
城邦文化事業股份有限公司
臺北市中山區民生東路二段 141 號 4 樓
電話：(02) 25007008　傳眞：(02)25007759
E-mail：bwp.service@cite.com.tw
發　　行／英屬蓋曼群島商家庭傳媒股份有限公司城邦分公司
臺北市中山區民生東路二段 141 號 2 樓
書虫客服服務專線：(02)25007718；(02)25007719
服務時間：週一至週五上午 09:30-12:00；下午 13:30-17:00
24 小時傳眞專線：(02)25001990；(02)25001991
劃撥帳號：19863813；戶名：書虫股份有限公司
讀者服務信箱：service@readingclub.com.tw
歡迎光臨城邦讀書花園　網址：www.cite.com.tw
香港發行所／城邦（香港）出版集團有限公司
香港灣仔駱克道 193 號東超商業中心 1 樓
E-mail：hkcite@biznetvigator.com
電話：(852) 25086231　傳眞：(852) 25789337
馬新發行所／城邦（馬新）出版集團【Cite (M) Sdn. Bhd.】
41, Jalan Radin Anum, Bandar Baru Sri Petaling,
57000 Kuala Lumpur, Malaysia.
Tel: (603) 90563833　Fax: (603) 90576622
Email: cite@cite.com.my

封面設計／李東記
排　　版／芯澤有限公司
印　　刷／韋懋實業有限公司
經 銷 商／聯合發行股份有限公司
電話：(02)2917-8022　傳眞：(02)2911-0053
地址：新北市 231 新店區寶橋路 235 巷 6 弄 6 號 2 樓

■ 2011 年 08 月 02 日初版
■ 2023 年 10 月 31 日二版
定價 320 元

Printed in Taiwan

ISBN 978-626-318-890-7

城邦讀書花園
www.cite.com.tw

廣　告　回
北區郵政管理登記
台北廣字第000791
郵資已付，免貼郵

104台北市民生東路二段141號2樓

英屬蓋曼群島商家庭傳媒股份有限公司　城邦分公司

請沿虛線對摺，謝謝！

書號：BK5058Y　**書名：**自由書寫術　**編碼：**

請於此處用膠水黏貼

商周出版

讀者回函卡

感謝您購買我們出版的書籍！請費心填寫此回函卡，我們將不定期寄上城邦集團最新的出版訊息。

不定期好禮相贈！
立即加入：商周出版
Facebook 粉絲團

姓名：＿＿＿＿＿＿＿＿＿＿ 性別：☐男 ☐女

生日：西元＿＿＿＿年＿＿＿＿月＿＿＿＿日

地址：＿＿＿＿＿＿＿＿＿＿

聯絡電話：＿＿＿＿＿＿＿＿ 傳真：＿＿＿＿＿＿＿＿

E-mail ：

學歷：☐ 1. 小學 ☐ 2. 國中 ☐ 3. 高中 ☐ 4. 大學 ☐ 5. 研究所以上

職業：☐ 1. 學生 ☐ 2. 軍公教 ☐ 3. 服務 ☐ 4. 金融 ☐ 5. 製造 ☐ 6. 資訊
☐ 7. 傳播 ☐ 8. 自由業 ☐ 9. 農漁牧 ☐ 10. 家管 ☐ 11. 退休
☐ 12. 其他＿＿＿＿＿＿＿＿

您從何種方式得知本書消息？

☐ 1. 書店 ☐ 2. 網路 ☐ 3. 報紙 ☐ 4. 雜誌 ☐ 5. 廣播 ☐ 6. 電視
☐ 7. 親友推薦 ☐ 8. 其他＿＿＿＿＿＿＿＿

您通常以何種方式購書？

☐ 1. 書店 ☐ 2. 網路 ☐ 3. 傳真訂購 ☐ 4. 郵局劃撥 ☐ 5. 其他＿＿＿＿

您喜歡閱讀那些類別的書籍？

☐ 1. 財經商業 ☐ 2. 自然科學 ☐ 3. 歷史 ☐ 4. 法律 ☐ 5. 文學
☐ 6. 休閒旅遊 ☐ 7. 小說 ☐ 8. 人物傳記 ☐ 9. 生活、勵志 ☐ 10. 其他

對我們的建議：＿＿＿＿＿＿＿＿＿＿

【為提供訂購、行銷、客戶管理或其他合於營業登記項目或章程所定業務之目的，城邦出版人集團（即英屬蓋曼群島商家庭傳媒（股）公司城邦分公司、城邦文化事業（股）公司），於本集團之營運期間及地區內，將以電郵、傳真、電話、簡訊、郵寄或其他公告方式利用您提供之資料（資料類別：C001、C002、C003、C011 等）。利用對象除本集團外，亦可能包括相關服務的協力機構。如您有依個資法第三條或其他需服務之處，得致電本公司客服中心電話 02-25007718 請求協助。相關資料如為非必要項目，不提供亦不影響您的權益。】

1.C001 辨識個人者：如消費者之姓名、地址、電話、電子郵件等資訊。
2.C002 辨識財務者：如信用卡或轉帳帳戶資訊。
3.C003 政府資料中之辨識者：如身分證字號或護照號碼（外國人）。
4.C011 個人描述：如性別、國籍、出生年月日。

請於此處用膠水黏貼